一生不过一念

张林华◎著

天津出版传媒集团
百花文艺出版社

图书在版编目（CIP）数据

一生不过一念 / 张林华著. -- 天津 : 百花文艺出版社, 2022.8
ISBN 978-7-5306-8335-4

Ⅰ. ①一… Ⅱ. ①张… Ⅲ. ①散文集-中国-当代 Ⅳ. ①I267

中国版本图书馆 CIP 数据核字(2022)第 104918 号

一生不过一念
YISHENG BUGUO YINIAN
张林华 著

出 版 人：薛印胜
选题策划：薛印胜 王 燕 **责任编辑**：王 燕
装帧设计：郭亚红
出版发行：百花文艺出版社
地址：天津市和平区西康路 35 号 **邮编**：300051
电话传真：+86-22-23332651（发行部）
+86-22-23332656（总编室）
+86-22-23332478（邮购部）
网址：http://www.baihuawenyi.com
印刷：天津新华印务有限公司
开本：880 毫米×1230 毫米 1/32
字数：150 千字
印张：7.75
版次：2022 年 8 月第 1 版
印次：2022 年 8 月第 1 次印刷
定价：58.00元

如有印装质量问题，请与天津新华印务有限公司联系调换
地址：天津东丽开发区五经路 23 号
电话：(022)58160306 邮编：300300

一念可持续多久
——《一生不过一念》序

◎ 张抗抗

《一生不过一念》是作家张林华先生的第五部散文集。

从他青年时代因热爱文学而起念写散文，已经过去几十年了。这一念好长远，几乎持续了他的半生；这一念好宽广，覆盖了他大部分的精神世界。当年那个瘦高清秀的少年，踏着江南水乡湿漉漉的石阶，驾着梦想的小船，从雾气弥漫的码头出发，经过苕溪、英溪清澈的水巷，穿过大运河一座座拱形石桥坚固的桥墩，驶入浩渺的水域。他望见自己心里涌动的那个念头，犹如水面散开的涟漪，一圈圈一波波朝四周扩展开去。

一念既生，万念收起。

“念头”在时间概念里的短暂性和瞬时性，决定了它是个人化的、私密的，因而是个微小的语词。但念头可以生长、放大、升华或是下沉，铺张或是扩张，比如战争爆发、复仇欲望、爱恋冲动，都有一念即燃、一闪覆水的起因。“一念”是万事万物的原点，从尘埃般微小至宇宙般无穷大。

林华散文集《一生不过一念》中所记述那些当下事，具有对现实生活和现实社会的关注，可为疲惫迷惘的当代人解困除惑；忆旧往事，看似平铺直叙，心念都藏在深处。旧事未了，新事又生，一个又一个善念、俗念、邪念、杂念……心心念念，沉下去又升上来，念头与念头搏击，分分钟纠缠不息，丝丝缕缕，此起彼落。“一念”是意识的原生态，即潜意识的一种，也是思绪意念的“初级阶段”，因其感性而显得真实珍贵。所谓“一念之差”“一念之误”，就是以错觉幻觉非理性判断是非。若是经过理性的思考解析，那么“潜意识”形成“思维”，正念构成认知，飞升的气韵进入空无，虚相实相，已是禅的境界。

一念无邪，万念消解。

人生总在长途跋涉，林华跨界做过很多不同的工作，处理过万千事务，始终保持着严谨沉稳的行事做人的风格，这令他成为一个受人尊敬、获得赞誉的优胜者，他能做到不为世俗所扰，不为声名所累，因为他知道自己心底尚有一念，那是永远无法抵达的终极之地——文学。这是诉予真诚、寄予真情的水中高台、陆地高塔，亦如翠竹沧海的莫干山山顶上，那座若隐若现的裸心堡。

自从他步入文学的圣殿，日复一日、年复一年，把诸多边边角角的时间都用来写作。好似背着一筐筐青青的桑叶，倒入蚕房的竹匾，然后屏息倾听春蚕嚗叶的沙沙声；逐字逐句逐段逐篇，直到它们变成饱满洁白的蚕茧；在静寂流逝的时间里，蚕蛹破茧成蝶、产卵孵化……

无数静夜里浮现的念头，在他笔下勾连解析倾诉重组，最终敷衍成文、集腋成书。书中闪过的所有念想，最后都指向了精神场域的探究。沉浮的念头一旦落地，跨越中年焦虑，坦然融入现实生活，在一个新的层面上得到“更新”。终于，当人们翻动这部《一生不过一念》散文新集的书页时，犹如抚摸着、欣赏着一匹密实精美、淡雅相宜的江南丝绸。

一念既成，万念飞扬。

读林华的散文，是思与美的旅程，可圈可点之处比比皆是。丰富的工作、生活阅历，使他的美篇取材多样、内容丰盈。历史与现实、风物与民俗、现实琐议、身边人事等，例如龙窑、大海、矿山、运河、黑金、春风……皆可入眼入心入文。其中的《喜爱雪落无声的意境》《我想建一座凉亭》都让我欢喜。佳作收录成集，正如德清下渚湖湿地的七港八汊，水自四方来，汇聚成河湖。

林华散文的叙事语言也有特点，紧致且持重，简洁且细微，冷峻的修辞风格里，含有温馨的暖意。他的叙事笔调总是不徐不疾、造词遣句疏密有致，可令人长久咀嚼回味。

林华的散文更重哲思，无论描摹还是随感，语言的缝隙里都镶嵌着自己的见解与认知。河与海、煤与窑、英溪帖、阅读与文化、菱角与竹……一点一点抽丝剥茧，思想的提炼条缕清晰。思之有理、言之有物、抒之有情、诉之有度。犹如两山间的高架铁路，凌空而过，既是对大山深涧的跨越，也是对自我的超越。

近年来，人们谈论散文，较多注重内容的现实关注、巧妙的叙事策略、精美的语言文字等“表象”，却常常忽视了文章的思想内涵。张林华先生的散文集《一生不过一念》，是善念压邪念、正念克杂念的灵魂净化之载体，或许正可补缺。

林华摘引了尼采的一句话：

“每一个不曾起舞的日子，都是对生命的辜负。”

一念既起，持续一生。何等美好纯粹的文学人生。

是为序。

2022 年 1 月 6 日 北京

目录

上卷　山水如此淡

下卷 山河何其重

上卷

山水如此淡

“每一个不曾起舞的日子，都是对生命的辜负。”

——尼采

到花莲看海

一

如有机会到台湾旅行，我个人觉得非常值得做的一件事，是到花莲看海。

花莲，一个名字听起来似乎就有些讲究、有点曼妙意味的城市（居然不是“莲花”，呵呵，好像一下就脱俗了几分），坐落在宝岛的东海岸边，面积不大不小，适合寻常人居住。往东，正面朝向浩瀚无边、美丽无瑕的太平洋。城市临海，这是花莲的先天禀赋，具备了迥异于太多内陆城市的个性气质。花莲的大海，也不同于我们司空见惯的一些沿海城市（当然国内外皆有），海不够深水不够蓝，尤其海滩上十分脏乱，充斥着各类垃圾杂物，让人心生厌恶，避之不及。花莲的海，也不同于夏威夷、鼓浪屿等旅游名胜的海。这些名胜的岸边景观足够丰富多彩，一草一木仿佛都精雕细刻一般，与大海相映成趣，你对此当然抱有好感。也许你还可能因此对这样的海产生某种程度的亲近感，但与此同时，你的内心深处却还仿佛缺了些什么，抱有几分遗憾。而在花莲，这些遗憾，将与你无关。花莲的海面，宽广无边，海水湛蓝，蓝得清澈、蓝得纯粹、蓝得大气，不夹杂一丝异质。海有无垠的景深，山冈倚海耸立，仿佛突然从海面上立起来一般。山上野草丰茂，密不透风，野蛮生长。陡峭的山坡上基本没有什么建筑，纯自然风光，甚至可以说有些荒凉，除了一条细长而不宽阔的便捷公路，再无一丝人工雕琢的痕迹。独立于山冈之上，很易让人顿生一种苍茫辽阔之余的无助感，你不由自主地对这汪深深的海洋肃然起敬。

我得说，这片与花莲唇齿相依的辽阔大洋水域，才真正配得上“海”啊！湿润的海风和明丽的阳光，简直就是无与伦比的美好了，而它偏偏又是真切的、自然的风光。

一条蜿蜒狭长、光滑如镜面的柏油公路就镶嵌在海边的山崖上，随着海岸的曲折凸凹向远方伸展，如同一条带状丝带将连绵的群山圈了起来。车行山道，开窗观景是必须的，沿途风光绝佳。濒临太平洋，三月海风轻轻吹来，拂脸不痛反感舒适。公路两侧的三角梅、樱花等一路自由怒放，薰衣草、鼠尾草等紫色花卉，飘来阵阵芳香。尤其令我感到意外的是，樱花竟然已经开得生机盎然。空气清新而略有些冷，天是多少年都未曾见到的透明。也许是久赏生幻念，仿佛回到孩童时代，回到那除夕挂满灯笼的早晨，那种欢喜如同新生。清晨花莲的天空，是一场色彩的盛宴，如打开一幅崭新的油画。天气晴朗，阔大的天空是用湖蓝色打了底子。云是额外用柔软的棉絮安置上去的，与底色隔着距离，悬在蓝天之上，好看得真想奔走相告，想踮起脚尖伸手撩拨。啊，这才叫“云”！

二

“这片平静的房顶上有白鸽荡漾。”

这是法国象征主义诗人瓦雷里的名诗《海滨墓园》的首句，他把大海比喻成屋顶，而浪花则幻化成了白色的鸽子。多么有想象力的诗句，蕴含了人们对大海的某种特殊偏爱。

三月下旬到台湾，在花莲与台东的沿海公路上，一场马拉松赛事正在进行。只封了一边的车道用作赛道，这倒恰好让我们这一侧车道的人们，可以边行车边观赏比赛盛况。运动员队伍很是壮观，长数公里。跑在前列的明显风光一些，步履协调矫健，运动范十足，而落后一些的运动员则显得轻松自由许多，多了一些表现欲，也就更具观赏性。队列中，不仅有情侣手拉手一起跑的；也有推着小车载着孩子跑的；还有浓妆艳抹穿戏服跑的；更有干脆打赤膊，将号码布别在短裤上的。此情此景，貌似一场发生在沿海公路上的狂欢节。第二天翻看当地报纸，才知这样一场貌似不太正规的赛事，竟有几万人参加。冠军奖金不算高却也不算低，一万美金。亚军以下，数目就更不足提了。

多数人似乎只是在慢条斯理地行走，并不急着追赶速度快者。不停地见到他们在窗前闪过，我开始好奇起来，那明明不可能得奖的多数人参赛，图的什么呢？我想，毫无疑问，看风景是头一个无可争议的目的所在。相信参赛者中本岛市民占据了多数。那么，海，对他们而言，就不是一个陌生的事物，他们甚至就是伴着大海而出生长大的。但观海的乐趣无疑是特别的，相信即使在海边出生长大的人，依然不失看海的乐趣。因为海上风景多变，一天一个样，永远没有重复的时候。另外，我想应该是尽情享受参与共同活动的快乐吧？马拉松运动，仅五十公里步行，对脚力、体力，包括耐力，都是不小的考验。尤其是这种简单重复的活动，最考验人是否受得住煎熬，耐得住寂寞。当然也有可能，参加这个海边马拉松比赛，本来就没有什么目的，参与就是目的。这种可能性存在吗？在台湾环岛车行游览的空隙辰光，我总这样思考这个问题。

三

的确，为什么非得图点什么才做什么呢？

发令枪响，迅捷出发，是为了更快地到达终点。荣耀就是为最先到达终点者准备的，那些花环与奖金，后来者可能一无所获。甚至还有这样极端的理念"亚军就意味着失败"，可是，冠军终究只有一位。但人生的规则呢？也许不尽然。对绝大多数人而言，有极大的可能终身都难以仰望冠军的项背，于他们而言，少了超越与登顶的快乐，却一点也不缺乏欣赏的内容与乐趣以及充分表演与展示的空间与情趣。

读过中国台湾漫画家朱德庸先生的一篇文章，其中谈及他坚持十多年的散步习惯：最喜欢在人车寂静的平常夜晚，和太太一起，沿着台北市的一条林荫道缓慢行走，一直走到路的尽头，再坐下来喝杯咖啡；一边聊聊那些再熟悉不过的香樟、菩提、栾树等，观察它们的细枝嫩叶在春夏秋冬、暮去朝来的细微变化，顺便再聊聊外面的世界又发生了哪些稀奇古怪、山高水长的事情;聊完了再缓慢走回,天天如此,乐此不疲。

写到这里,不由分说,一首我喜欢的耳熟能详的歌曲,仿佛在耳旁悄悄吟唱起来:

从前的日色变得慢;
车,马,邮件都慢;
一生只够爱一个人。

这样自由自在、心清如水的生活状态,出现在一位功成名就、崇拜者众多的社会名流身上。这让我稍感意外,细想又不禁会意,觉得十分合理。因为这种状态,与我们司空见惯且根深蒂固的所谓奋斗人生的价值观有着几条街的距离。身不由己,今天我们赶上的,恰好是一个物质日益丰硕精神却逐渐贫瘠的时代。每个人在成长过程中以及慢慢长大以后,被不断开导不能慢、不能输、不能亏,落在后面会“死”得很难看。我们的肩膀上都背负着庞大的未来,所以都要为一种不可预见的幸福奋斗着,事实上所谓的“幸福”,却早已被商业稀释而单一化了。市场的不断扩张,商品的不断量产,其实都是违反人性的原有节奏和简单需求,由此激发的不是我们更美好的未来,而是更直接更贪婪的欲望。一旦违反人性的现象成为常态,事实上大家就都可能生病。会不会当我们“进步”太快的时候,只是让少数人享受财富荣耀,而让多数人得心理疾病?

于是,朱德庸先生主张“在这个时代里缓慢行走”。世界犹如脱缰之马一直往前跑,而后面的人紧追不舍,应该有、事实上也确实有许多人气喘吁吁。前路茫茫，这个时候，可不可以停下来喘口气，选择尽量独立地保全那个“自己”，而不是盲目跟群选择那个“大家”？“也许这样才能不再为了追求速度，却丧失了我们的生活，还有成长的本质。”

“生长的本质”，到底是什么呢？显然不是焦虑，不是透支，更不是贪婪。身处于我们这样一个嬗变的时代，人们的情绪也很不安定，思维易变得梦幻，心思易变得复杂，行为易变得粗糙。脑的容量倒是变得越来越大，可供使用的区域却变得越来越小。人们常常会忘了感受美，忘了体验爱，忘了享受自由与空间，难以保有定力不随波逐流，不随大流，过自己想要的生活。不被金钱、浮名牵着鼻子找不到北，才是生活的本质。“面朝大海，春暖花开”，这是文人眼里的一种浪漫品质、生活境界。过日子有如品美食，生吞活剥不好，因为消化不了。那么，面朝大海，细嚼慢咽，行不行呢？

四

在宝岛旅行的日子里，我还曾率性地坐着观光汽车，和几位同伴在各地乡村转悠。某天开到高雄市美依镇（又是一个充满浪漫诗意的地名）路段，瞥见路旁有一家外观并不十分起眼，却说不出哪儿有点特别的民宿，一时兴起，闯进去参观一番。民宿主人是一位庄姓中年男子，戴金丝边眼镜，头发梳理得丝毫不乱，显得很斯文。一口台湾腔的普通话，慢条斯理，软得甚至有些“娘”。主人明显不高兴我们的冒昧打扰，脸露不快。但他还是有涵养地转瞬即变换态度，连称“欢迎欢迎”，并热情地领着我们参观民宿。不知道是不是并非假日的缘故，仅四五间客房，也稀有住客。干干净净的门厅中央竟然有几只芦花鸡趴着，让我有些意外。庄先生认真地对我们介绍说那是日本品种，告诫我们轻声轻语不要打扰它们，因为“鸡太太在生鸡宝宝啦”。听着这绵绵软语从一个高高大大的中年男子嘴里说出来，着实感到好笑，可他又绝对是认真的。从渐渐深入的交谈中慢慢了解到，庄先生出生高雄市区，家境殷实，他还毕业于台湾的一所名牌大学。本可以做更多更大的事，创一番所谓的“事业”的，可为什么就甘于离开城市，当一名农舍主人呢？在僻静的乡下，一个人侍弄这样一个规模不大装修也算不得高档的民宿，更多的是靠手工劳动长年累月的简单重复，一定会是非常辛苦和寂寞的，当然这辛苦和孤独不无一点古风色彩。我寻思，但凡内心蛰伏着一只骚动的猛兽的人，是绝对不可能有那份耐心做这些事的。我不方便打听庄先生的心路历程，只能暗暗揣度，时光确实能够慢慢雕琢一个人的心性，无论他过去是否浮躁纷乱。临别再留神细看庄先生，满面春风，衣衫笔挺，额头光亮，眼睛里有隐隐的光芒，显得那般踏实、自尊、祥和。“我一直觉得我这样生活蛮好的啦！”“哎呀，做人嘛，都不过酱紫（这样子）的，所以我向来不多求什么的啦。”

“不多求什么”，真好！离开宝岛数月，许多事如过眼云烟，唯独庄先生这句话不曾忘却，当然同时还有他那只眯细眼，以及那张白乎乎的、笑吟吟的脸。

人生漫长，有如马拉松，怎么个跑法颇有讲究。庄先生选择的是一种安静的跑法：不加塞，不抢道，不挡路。这种跑法，只跑在自己的特定线路上，与快慢关系不大，尤其是，与他人无碍。

“我已经准备了哈根达斯”

一

劈面遭遇新冠肺炎疫情，宅家读书就是不错的选择，接近于封闭休息，何况还能被称作一种抗疫贡献。翻读文汇出版社的一年一度的“笔会文萃”《今生一盅茶》，不无启示与趣味。其中学者葛兆光先生在文章《陆谷孙先生》里称，因为相互间情趣相投，陆谷孙先生喜欢邀作者夫妇去陆家做客，每每打去电话时，还不忘记交代自己“已经准备了哈根达斯”，为的是能够确保又一次痛快而无忌讳的说话。读到这段文字，我瞬间有种说不出的爽快。葛先生是著名历史学家，七十多岁的陆先生则是大翻译家，编著了了不起的《英汉大词典》。两位学者都供职复旦大学，这是他们的相同处，除此之外，显然还有一个共性，大概率是出乎常人意料的，那就是两位大家（以及夫人）都是冰淇淋“哈根达斯”品牌的粉丝，在我看来，这实在很有趣。

二

我之意外，首先来自我对哈根达斯的敏感，坦率地说，我是它的拥趸,所以老有兴致关注它的每个细枝末节,以及由此派生的各类趣闻逸事。一扫而过是读书常态,唯有敏感,才会注意到那些生动的细节,并会禁不住鼓掌叫好。我无意神化任何一个品牌的冰淇淋,更不替人做广告,但哈根达斯无疑是独特的。其原料优质、味道醇正,奶源地新鲜制成的优质乳脂,丝滑,味道浓郁,带给味蕾辗转缠绵的奢华触动。一勺入口,在舌头上慢慢融化,细腻润滑,无颗粒状感觉,给人美妙非凡的味觉,相比之下,我尤爱夏威夷果仁味的那款,且包装也很精致。总之真的是很厉害,尽管它价格贵得有点不近平民情。

因哈根达斯不由得跳跃式地想到了“灵魂”这个词。作家刘瑜曾经写过一篇文章《不是每个人都有热气腾腾的灵魂的》,引起一定范围的争议。我是确信世间有“灵魂”的存在的,因为如果没有灵魂这个属性,人世间许多事情便很难归类与形容,比如像除生老病死、遮风挡雨,以及吃喝拉撒睡等自然的、物质的形态以外的许多东西。灵魂既形而上,又无形胜有形,你当然不可否认它的客观存在。所以,人世间不仅无疑会有灵魂存在,而且灵魂还有是否鲜活之讲究,我只是很意外刘瑜竟会用“热气腾腾”这样的词来形容那种生动、有无穷活力的灵魂,这是很文艺的一种说法,却又说得那么生动形象!

那么,什么样的灵魂才够得上称“热气腾腾”呢?我认为灵魂应该有丰盈与干枯之分,有生机勃勃与暮气沉沉之分。干枯的行尸走肉般的灵魂,尽管也还没到“死灵魂”的地步,也只是五十步与百步之别,而丰盈的、生机勃勃的灵魂,是一种质的优势,定然是意志自由的灵魂,是鲜活有趣的灵魂。

知心朋友间推心置腹的谈话交流，以美味可口的冰淇淋助兴，其场景很让人憧憬，想想就是一件美妙无比的事情。当然这件美妙事情的成立是有前提的，前提应该是对谈话交流对象自身思想情趣水准的要求，比如葛先生笔下的陆谷孙先生，知识渊博，心胸豁达，是“一个灵魂里始终涌动着波澜的人，一个思想中始终有火花的人”。倘若没有这样一个关键前提，纵然眼前哈根达斯成堆，相信也仅仅是好吃一点的冰淇淋而已。

深层次反思，我之所以会对两位教授共品哈根达斯产生意外之感，其实还来自我的某种固有观念。这种观念，就是我原本以为，哈根达斯仅是年轻人之钟爱，却没想到它可以老少通吃，而且延及高龄人。我的这种观念，明显就是一种成见。品尝美食，乐享口福，满足味蕾之需，是人的天性使然，没有多少道理好讲。即使口味有些与众不同，也无可厚非，萝卜白菜，各有所爱嘛。老年人的口味有时与年轻人口味重合，本来也很正常。哈根达斯为年轻人所喜爱，不属于大部分老年人的菜，这也是事实，但并不意味着它就是年轻人的专有。问题恰在于怎么看待个人的口味异于众人，以及是否有勇气坚持自己的个性。因为这是决定你行为的魂，决定着你是理直气壮、当仁不让地享受，还是犹犹豫豫、心有愧疚地享用。

从这个角度看，陆谷孙、葛兆光两位老教授的行为，正是体现了一种自由的意志。

保有自由意志何以重要？传统社会的一个顽症偏偏就是不承认个性差异，不宽容个性存在，抑制创造力。强求整齐划一，老少一个样，上下一般粗，这才叫危害不小，实不可取。我个人寄居小镇，条件所限，相当长时间里无福享用这种稍稍高级的冰淇淋，每每只在有出差机会时，才在机场一饱口福。许多时候还尽可能回避同行者，略显心虚地悄悄享受。见过几次年轻同事发觉我这半拉老头儿舔哈根达斯时惊异的夸张表情，想来大概我给人留的印象总是保守与死板，平时大约人五人六的有些端着架子生活，没料到也有悄悄追求时尚的一面。同事的吃惊，并非无来由，从某种程度看，莫不也是从一个侧面，反映出周边环境的一种共有成见呢？所以我已打定主意，不打算以牺牲自己的这种正当爱好为代价，来消解人们的那种疑虑了。事实上我很担心，长此以往真到了年老的那一天，在我所有的恐惧中，最终有一种可能的选项会是：成为一个反应迟钝、表情麻木，完全没有主观意识的木偶般老头儿。

三

“热气腾腾的灵魂”的另一个要义是鲜活有趣。客观地说，单因爱吃哈根达斯，便界定其有热气腾腾的灵魂不免牵强，相信有更多的老年人不爱吃哈根达斯，绝不可断言他们的灵魂因此就没有热气。这里要讨论的焦点在于，明明未亲口品尝过味道即歧视、抵制，或者明明内心喜爱却不敢理直气壮地食用，有这样那样的多种顾忌。所以从某种程度上讲，爱不爱吃哈根达斯，不是爱好问题，不是牙口适应问题，是关于生活方式与生命观的问题，是对时尚、对外来新事物的态度问题。

作家贾平凹宣称：“活得有趣，取悦自己，才是人最和谐、最完美的状态，也是人生最高的境界。”这是把“活得有趣”提到了一个极高的境界。这种见识，可能成为一种社会共识吗？不好确定，完全可以讨论，但人活着不是为了迎合别人，献媚世界，而要懂得取悦自己，自得其乐，这我是认同的。懂得取悦自己的人，才会在生活中寻觅悠闲，悠闲就是原生态般的自由自在，如同鲜花迎风怒放，飞鸟展翅翱翔。同时活得是否有趣，相信与知识多少无关，与挣钱多少无关，只与幽默乐观的生活态度有关。为佐证自己的观点，贾平凹还讲了一个故事：现代作家郁达夫，有一次和夫人王映霞一起看电影，一时得意忘了形，把鞋子脱下来，盘腿而坐，自我感觉很是舒服。王映霞不经意间侧目发现老公的鞋底里竟然有几张纸币，当即沉下脸来，质问他为什么要在鞋底藏钱。突遭风雷的郁达夫也不含糊，急中生智地解释说，我现在生活的确不错，有点名气，也有点钱了，可是，我没忘记刚踏入社会的时候很穷，吃尽了没钱的苦头。钱这东西欺压了老子好多年，所以老子今天要把钱踩在脚底下出气。王映霞一听，心中疑虑烟消云散，反倒顾不上看电影，和丈夫一起感慨起生活的不易来。

在我看来，这个故事更像一个段子，当不得真，当然也不无趣味。你可以暗笑郁达夫的歪人屈道理，但你不得不承认郁达夫是个有趣的人。有趣的人，就善于面临困境时，急中生智，绝处逢生，转危为安。藏了私房钱被抓个现行，竟还能处变不惊，自圆其说，最终逃过一劫，郁达夫真是厉害。看来活得有趣，总体上属于生命的正能量，我们理应把有限的时光多多“浪费”在有趣的事情上。

从这个意义上，我敢说喜爱哈根达斯的两位老先生，有热气腾腾的灵魂,他们的聚会,是两个热气腾腾灵魂的亲密叩首。

四

“我已经准备了哈根达斯。”是吗？真好,真温馨!

龙 窑

没有不会坍塌的窑,即使是龙窑。

一座旧窑,会因火的熄灭而死亡吗?它凭什么活着?是满腹的风霜?还是骨子里岁月磨损不掉的力量?

——题记

有位作家说过一句在我看来相当厉害的话,令我印象实在深刻:“弱者,不得好活;强者,不得好死。”

这句话,似乎出自宝岛作家李敖之口。说得好绝,不留半点余地;又说得好狠,颇有点入木三分的意思!强与弱、生与死的命题,俨然是人生绕不过去的终极命题。从这个意义上说,我有时很想如祥林嫂般地告知所有世人,也更想借此提醒自己:龙窑,曾经给我留下无数童年美好记忆的龙窑,作为强者的形象曾经有如图腾版立世的龙窑,已然坍塌。今天却依然清晰无比地留存于我心目中的龙窑,它并没有倒伏,当然我也因此不能接受任何藐视它的眼光与说法!

窑厂

生活中总会劈面遭遇某些意外，让你猝不及防、束手无策。特别是不经意间，被某些看来似乎是极小的事弄疼了自己的心。

周末回父母家吃饭，失手打破了一个盛物的钵头，“噼啪”落地声脆响。钵头原本不过是个糙物，圆口直径不到一尺，钵底口径要更小些。钵头表面不齐整，摸上去凹凸不平，显得有点粗粝，釉彩更是不值得夸耀，厚薄不均不说，甚至某些部位干脆未喷涂到，完全看不出有一定规则而变化的肌理。当然它依然很实用，几十年的默默奉献可以做证。母亲没有立即将破碎的钵头扫入簸箕，而是略显笨拙地弯下腰去，一边收拾着几块碎片，一边又在那儿比比画画，好像在琢磨能否再拼接粘上。母亲嘴上没说，但我看得出她的痛惜。厨房里有些昏暗，只有灶间吸油烟机的灯亮着，弱弱的光将母亲蹲着的背影拉得很长，那一瞬间似乎也将某种痛惜的感受延展到我心里，无遮无挡。我知道，这是父母保留的当年工作过的工厂里的出厂产品，这样的东西家里原本不少，经年累月的，已所剩无几。父亲一直在炒菜，只偶尔回头，应该已将所有都看在了眼里，却一直未吱声，直到这会儿，才又忙不迭地连声安慰我说不要紧的，“用了小半个世纪的过时货了”。这一句话，令我顿然意识到，我的这次疏忽有多么不应该。因为这事要搁过去，就还有救，那时候工匠多，还有补碗的呢！有碎了的碗，只要不是碎成渣，他就有本事对上碴口，再打上一排钉，一点不漏的。今天的人听起来就要以为是神话了。但凡如皮球、脸盆、藤椅之类日常生活物件，甚至淘箩坏了，都能找到皮匠、铁匠、篾匠修补好。

好奇怪那时节怎么会有如此多的好手艺人啊?而今,破了就是破了,就是废了,就是破罐难补了。然而这个貌不惊人的器皿,却能勾起我幼年时的全部生活记忆来。

二十世纪六十年代初,我出生在一个地处偏僻的厂区里,并在这个厂子里慢慢长大。所有关于小伙伴的童趣故事,关于叔叔阿姨关爱的记忆,都留存在前半生的记忆里。总的来说对这个生我养我的厂子,我有某种深深的难以言表的情感。工厂创建于一九五八年,是“大跃进”期间成立的,建厂初期条件极其艰苦,比如工人宿舍,只是简陋的茅草房,直到二十世纪六十年代中期,才建起了一排瓦房,虽然谈不上宽敞,但住宿其中,至少不再会在风雪天担惊受怕了,我对此至今印象极深。我父母是最早一批参与建厂的工人,可以说是创始人,延至今日,同一辈的创始人当然早已退休离厂养老。我自然离厂更早,恢复高考后第二年,我高中毕业有幸考上大学,离开了心心念念的工厂。

若干年后我才弄明白“陶”和“瓷”,是全然不同的两类产品,虽然生产工序类似,但产品从原材料到工艺标准,完全不同。当年父亲的厂子,名头上是陶瓷厂,其实与“瓷”不太挨边。因为基本还是单一生产陶器,而且还是那种比较粗放的陶器。比如各类缸,体量大的能盛得下两个成年人,小的能小到尺把高、半抱宽。还有各式各样的盆、钵、罐等类陶制品,器皿表面平整度与釉色等工艺要求均不太高。待到后期约二十世纪七十年代末期,开始试产工艺要求高许多的瓷砖,甚至尝试在瓷砖上印上领袖诗词时,却遇国内供求市场形势大变,工厂来不及做好充分应对,经营不善，销售不畅，遂于情急之中黯然关门，留下一群束手无策、目瞪口呆的下岗工人，则已是后话。我不无一次“马后炮”似的臆想，工厂为什么要被规划建造在一个偏远的小镇上呢？是否当初这一决定就预示并注定了它的生存空间的狭小，乃至完全清空？

厂区曾经占地很大，数百亩。其中用去最大面积的是生产车间，也就是制坯以及堆放半成品的场所。因为要在阳光下晾晒，所以，每个车间前都留有很大一块空地。那泥坯的缸钵半成品，犹如仪仗队一般，被码得整齐划一。夕阳西下，金光柔和，照到一地的器皿上，被拦截被折射被重影成一个个、一圈圈大小不等、形状不一的花色图案，总令我很着迷，觉得有说不清楚的好看。恍惚中，仿佛看到有一根细细的小木棍在空中飞舞，指挥着光影的变幻。那排列整齐的陶器半成品队列，有了这么一位指挥家，气韵变得更为生动！若干年后我有机会去西安，兴冲冲地看兵马俑，虽然也为单个秦俑勇士般的俊美所倾倒，但却完全没有如诸多同行者般的震撼感，因为，这种阵势我早已见识过。我无法准确记起究竟什么时候开始跟着母亲去的车间，仿佛自己开始有记忆后的童年，基本就是在车间里度过的。那时生活条件差，雇不起保姆，我还年幼未上学，母亲却要上班，只能把我带去车间，辛苦劳动的同时捎带着照看我。车间里没有玩具，唯一能玩的就是泥巴。母亲会塞给我一团泥巴，任我随心所欲地把玩，拍打按压、折曲扭捏，弄出个小猫小狗啥的，母亲总会表扬我的这些根本谈不上工艺品的作品。今天想来，这其实倒是称得上奢侈的一项游戏活动，要知道这不是一般的人遍地可得的普通泥巴，而是花大钱买来的工业用泥，唤作“缸泥”。其质地细腻均匀，黏性好，抓在掌心，手感也好，便于造型，一旦风干，不会起皱龟裂，如果再上好釉，就成为半制品。只待进窑高温烧制几天，再封窑焖上几天，然后开窑，迅速取出，尽可能快速冷却，就成为陶瓷成品。

厂里有无数同龄的小朋友，都是这么在厂区度过童年，具体点说是在一个个车间里玩耍着一天天长大的，我当然也不例外。唯一与别的孩子有点区别的记忆，就是从我刚能自己坐着玩儿时起，母亲总是要给我戴一副袖套，还不允我席地而坐。她从家里拿来一张旧席子，常备在车间里，让我坐在席子上玩耍。要知道在那个年代，对于一个家庭来说，即使是一张旧的篾席，也远远珍贵于今天的众多奢侈品。我也算听话，基本就或坐或趴在席子上内玩泥巴，从不擅离。往来车间的工人叔叔阿姨见了，总不忘夸奖我是个乖孩子，我听了应该是沾沾自喜的，以后更无擅离的企图，以至于到今天印象如此深刻。我有时想，自己个性的刻板听话，是不是萌于宽敞车间里的那张小小的篾席呢？

出窑

自车间里制成的瓷器半成品，经许多天的晾晒风干后，接下来最关键的一道工序就是“烧烘”。将半成品整齐堆放入炉窑内，然后用高温烧烤和焖烘，使其成形固化。这个环节，就是龙窑赫然登场，大显身手的时候了。

龙窑依山而建，拱形设计，从窑头到窑尾，以大致二三十度坡度，顺山势拾级而上，这显然有利于窑内最大限度地燃尽柴火。那龙窑的拱边上有一个个圆孔，相距不到一米，排列整齐，像极了飞机的排排舷窗。成年后常常有坐晚班飞机的机会，苍茫夜色里，偶尔会望着停机坪上笨乎乎、黑魆魆的庞然大物发会儿呆。难以置信这么个怪物能驮着我们百十号人呼啦啦腾身而起，扑入那暗不可知的夜空深处，不由自主地会涌起一丝丝旅人的惆怅与不安。直到再看到机身一侧长长的舷窗透进暖暖的灯光，内心方才复归平静。龙窑，一定就会在这个时候突然出现在脑际，而且，那一个个本用来添柴加热的圆圆的窑孔，相比飞机舷窗，实在要有趣得多。窑头倾在最低处，有一大炉子烧煤加热，火势往上走的过程中，中间那一个个窑孔发挥作用，工人们屏住呼吸，持续地、接力地、急速地往窑孔里塞干柴，使得火势更猛，温度更高。等烧到窑尾，已是山顶，有一高高的烟囱，保持一定的动压，能够起到抽风增氧作用，有助于火势更旺，使窑内的燃料尽可能燃尽。从山下望去，窑身蜿蜒而上，长达百米光景，宛如一条长龙，盘踞山上。烟囱活像高高翘起的龙尾，不间断地往外喷火，遇着风势还不断摇摆，“龙窑”之谓可谓名副其实。后来看到民间调龙灯，那龙灯队让龙灯嘴里喷出火来，引得一片喝彩，我也会骤然想到龙窑的烟囱来。

开启窑门，将刚刚高温煅烧，又经过几天焖烤的陶制品，搬出窑洞，迅速冷却，叫“出窑”。忙活半天不就为这一天嘛，所以，出窑可是件十分隆重的事情，又因未知的烧制结果而充满了神秘色彩，得看吉时放鞭炮。一切都在悄悄地酝酿中，不知在哪个白天或夜晚，被火红夹杂着的烟雾在山顶龙嘴里不停喷吐了数天后，龙窑却悄无声息地停止了燃烧。当人们注意到这一点的时候，却发现窑口已经封门了，周边的几个大柴垛已经不见了，场地显得异常空旷。直到后来的某一天夜里，空旷的龙窑边堆场支起几根大竹竿，几盏大功率的灯泡高高地挂在竿尖上，照得堆场亮如白昼。场地上遍插彩旗，人声喧哗，过节般热闹，挤挤挨挨的人们围在场地周边，彩旗摇曳不停。华灯映照下，一张张欢快的笑脸增添了几分喜感。四周的人群犹如盼新生儿落地一般，抻长脖子等候着开启那封闭了仿佛半个世纪的龙窑。

出窑是件体力活儿，所以上阵的一律为青壮爷们儿，出窑时炉内温度极高，为防中暑晕倒，出窑一般都安排在晚上进行。到了某个时候，那一个个窑孔的塞子被一气拔掉，显出一孔孔的通红来。这可不是那种一般的红，无一点杂色，红彤彤得耀眼夺目，在夜色的笼罩下，远远看去，宛如一盏盏大红灯笼，一个接一个，紧紧挨着，直上山巅，煞是壮观。我特别喜欢站在窑口看热闹，但见热气缓缓升起，腾起的细尘中夹杂着泥土的芳香和来自大地深处的原始气味，是永生难忘的味道。轻一点的烧制成品，如杯子钵头这样的，放在一个由竹竿和木板搭成的架子里，通常就由一人挑走；重一些的物件，如高过人头的缸，就需两个人合力抬出。即便是在寒风料峭的初冬，一个个也都是汗流浃背，满脸通红。一担挑至堆场，通常就会小歇下，拿下脖子上搭着的毛巾擦擦汗。也有嫌碍事而将毛巾扎在手腕上的，三下两下，擦擦汗，喝几口家属递上来的温开水，扯上几句闲话：

“你说，这座山雕的威虎山到底有多少人马？”

“阿庆到底在扬州城里做什么生意呢，怎么不到沙家浜来露个面？”

你说一声我搭一语，稀里哗啦，多半是率性而为，没有固定主题，没有标准答案。然后估摸着休息时间差不多了，又发一声喊，起一阵哄，喝上几口茶，一个个又反身鱼贯扑入那通红通红的窑洞里去。

陶器出了窑，就是检验工人的活了。堆场里有专门的检验工，负责逐个检验出窑的陶器品质量。经验丰富的师傅，通常并不需要特别的检验工具，拿在手里，先是这么左右翻动端详，然后，只凭徒手敲一敲缸或钵，就已知道品质，抬手拿起蘸有白灰的毛笔，往器皿上写个阿拉伯数字，就确定了它的等级归类，也就是在那个时辰，被判定了一生或被重用或被丢弃的命运，如果说器皿也有生命的话。“咚咚咚”，优等品的陶器敲上去不仅手有轻微震颤感，声音也透着那么一点清亮，有咚咚的、嗡嗡的回音，而如果烧制变形或有裂缝的陶器，则断然没有这种音响效果了。

空旷无比而又有些热烘烘氛围的场院里，“咚咚咚”的声音总是此起彼伏，伴随着人们欢快的笑声，一起融汇到无边的夜空中。

小贾

如果仅从职工数量角度来论的话，则陶瓷厂规模不算太大，却毕竟贵为地方国营企业，即使远离城市，偏居小镇（那时还叫公社），倒也在十里八乡声名显赫。能成为国营厂的正式工人，按月领工资，吃公家饭，住公家房，能参加公家正经八百的会议，一切都那么令人羡慕。最为有力的佐证是，时不时听到有人来厂里给年轻人提亲的消息，厂里的小伙子根本不愁娶不到老婆，所以，下了班穿上干净的工作服，走出厂门，个顶个的昂首挺胸，意气风发，与人交谈时那口气也是骄傲得不得了。贾永生，便是这群体中的一位，而且是比较引人注目的一位，用本地方言称就是“罩眼得要死”。小伙子不仅长得身强力壮，相貌堂堂，性格也好，整天乐呵呵的见人三分笑。工作认真积极，还特别要求上进，若干年后还有老人记忆犹新地说，出窑干活时的小贾，才叫一个厉害！足见龙窑最能见证当年他的风采。最难得的是，小贾还爱好文艺，笛子吹得好，是厂里的文艺骨干，但凡有重大活动或节日，总少不了他的表演。唯一的缺点是没怎么读过书，靠职工夜校这点补习工夫，终究识字太少。我妈总叹息他读不全一篇完整的《人民日报》社论，好似一个本来品相蛮好的陶器成品，却很不争气地裸露出了一条裂缝。

尽管依那时的标准衡量，小贾的家境不算好，苦出身，兄弟姐妹多，家里经济条件非常一般，他却不缺乏姑娘们的青睐，厂里人还纷纷传这小子挑花眼呢。后来他娶了一个如花似玉的姑娘，那姑娘也是个吃口粮的居民户口，模样俊俏，脑子聪明，只是因为出身成分有些高，就被下放在农村“修地球”。不知何时能够回城当居民，身价就被拉低了不少，能够嫁给他这个国有工厂的工人，好像也心满意足。在旁人眼里，似乎也有点高攀的意思。直到工厂开始走下坡路，并渐渐有了关门歇业的迹象，小贾的家庭地位好像也跟他的体质一样，起了一点变化，自然他的情绪也如霜打的茄子，明显消沉起来。后来企业相对粗放的产品越来越无销路，厂子里空气本来就沉闷，路过小贾宿舍的工人，甚至他的邻居，越来越难听到他曾经欢快的笛声，无聊无味的日子往往就越发显得难熬。忽然一天清早，贾永生全无征兆地晕倒在上班路上，工友们心急火燎地抬起他急送医院救治，竟被查明已是肝癌晚期，没几个月，就这样匆匆走完了他的半拉子人生。据说医生私下对人说，小贾年轻时劳累过度，把身子掏空了，不过这话没人去较真儿是否准确，人到中年突然撒手人寰，还是让厂里的工友们感到惋惜。

贾永生没有能够像他的名字一般“永生”。他思维简单，性情率真，生活条件要求不高。他曾经亢奋激昂地活在这个属于他的时代，又不幸倒在了这个其实并不真正属于他的时代。不知道这短暂的还算有些激昂的人生，是不是已经让贾永生感到几分满足，甚至无怨无悔了?终究无法直接向他追问答案。昆德拉说过：“生命不是话剧，可以彩排一次再正式登台。”确实人生没有假设，无法猜度贾永生生活在别的什么时代，会是怎样一番命运。我想每个时代，定然有属于这个时代的风云人物，或意气风发地折腾，或生龙活虎地消费，天马行空，不知何为忧愁。与此同时，定然也有无法脱离这个时代的寻常人物，或曲曲折折地生活，或举步维艰地度日，隐忍苟活，不知前路何处显光明。这应该也是生活的常态，杜甫早有诗曰：“仰看云中雁，禽鸟亦有行。”自然界中的鸟兽，皆有各自的次序、各自的归宿、各自的支撑与依靠，人类怎会没有?当然有的，一定有的，每个人都有，只是我们自身常常不能捉摸把握而已，我们不能把握各自归向哪里。所以，作家余华总对笔下的小人物情有独钟：“在社会重大变迁时期，又有几个人能把握自己的命运呢? 那些立在潮头的人都把握不了自己的命运，何况我们这些随波逐流的人。”这样的小人物，挣扎过、辉煌过、痛苦过，然后大概率地戛然而止，以被动的、决绝的、残酷的，以触目惊心的方式，诉说自己的绝望、凄怆与不甘。

熄火

同样令人痛惜的，还有论年月比贾永生更短些，曾经喷吐熊熊生命之火的龙窑，也没能逃脱熄火、沉寂的暗淡命运。仿佛清晰预知自己已然完成历史使命，无意强留徒添伤心一般，在某一个黑夜，龙窑轰然坍塌，灰飞烟灭，除了一堆碎石断砖凌乱于地，再无半点窑迹可寻。也许龙窑本来就是多虑了，其实没有人会在意龙窑遭遗弃后的那一个个落寞的日子，自然也不会有人特意记下龙窑这一个毅然决然告别的日子。

直至今日，但凡说到龙窑这个话题，退休后留守厂里的老职工仍然会有些动情，如有来访者，还愿意向他们讲述龙窑曾经的贡献，详说它的一个个细枝末节。若问到龙窑的坍塌时间，他们会不无伤感又很确定地说，龙窑还是比可怜的贾永生多挺了两年，不清楚哪一天塌的，只知道它坍塌得不寻常，轰轰烈烈的——那是个风雨夜，大风呼呼地刮了半宿，然后是电闪雷鸣，有些骇人。

老陆的人生哲学

在我们亲爱的大地上，有多少朴素的花朵默默地开放在荒山野地里。

——《平凡的世界》

国庆假日闲游水乡古镇仙谭，在旧石板铺就的凸凹不平的街道上，我与拉煤老人陆松芳不期而遇，实在是又惊又喜。向晚时分，拂面秋风寒，且巷道狭窄幽深，华灯初上，更显光影朦胧昏暗，行人皆脚步匆匆，赶赴那间间粉墙黛瓦里的温暖人家。老人则深弯着腰，弓步拉着他的煤车，汗流浃背。我虽不是毫无思想准备，但当骤然看到年逾八十还在干着重体力活儿的他，还是有些心惊、有些不忍。听到我的招呼，老陆停住脚步，放下车子，直起身子，解下脖子上的毛巾，抹了把脸上的汗水，站定了与我聊天，一如既往的热情。

老陆是生活在江南小镇上的一名普通老人。暮鼓晨钟，三百六十五天，以每天拉双轮车给居民送煤饼为生计。镇上的人，无论男女老少都亲切地唤他一声“老陆”，他的全名反而不常被人提及，甚至许多人都未必知道他的全名。一辆破旧的煤车，与它的主人弓步弯腰的形象，是老陆最为显著的标签。2008 年，七十多岁的老陆因给汶川灾区捐了一万多元善款，一下出名了，荣誉纷至，从县乡到省级，直至被推评“全国道德模范”，引起不小的轰动。

在许多人眼里，一万多元，似乎不是什么大数目，可是对老陆而言，这钱却来之不易。这可是他起早摸黑，搬煤饼拉煤车一块一块攒起来的辛苦钱，也本该是这位八旬老汉的养老钱，可是老陆固执得不听旁人劝阻，坚持全数捐出。我至今依然记得老陆的话：“发生这么大的灾难，主要还得靠国家、靠领导的，我一个小老百姓，能做的不过就是担一点心，出一点小力而已。”老陆还认真地强调：“谁生活都不容易，遇到难处相互帮帮是应该的！”只是今天已记不清楚在何种情况下与老陆扯起这话题的，想来应该也是和旁人一样当过劝客吧？但老陆说话时的神情，我因耳闻目睹，印象很深，至今历历在目。说这话时，老陆与我靠得很近，两只手都搭在我的手掌上，一脸恳切认真，一副不容置疑的神情，我心生感动，一时竟不知该怎么回应老陆的话了。阴晴圆缺、悲欢离合从来就是人世间的常态。况且，人共生于世，谁能不求人？谁能不被人求呢？所以，该出手时就出手，这样才好！“别人遭罪，我看不过去”“你放心，我还留着自己吃饭的钱”这两句，是老陆的原话。

您看，老陆这不是把一己与他人，以及“量力而行”与“尽力而为”之间的辩证关系理解得很通透，位置摆得挺正嘛！

因为出身贫穷家庭，老陆年少时没读过什么书，他当然不懂教科书上的那些深奥的哲学原理。但是，显而易见的事实是，陆松芳懂哲学，懂得关于生活的哲学知识。当然，他的哲学不是从书本上学的，而是在日常生活中以他的真诚与智慧，一点一点地悟得的。

老陆生活得很简朴单纯，简衣素食，无不良嗜好，也无非分之想，但他对别人待他的每一分好却记得很清楚。“你已经是第N次来看我了！”这是我们每次相见老陆挂在嘴上的见面语，他从没有将我因公（或因私）去看他的时间弄错，这让我有了身边安着提示器的感觉，从来不会因故懈怠看望老人。老陆还特别不愿意被旁人或媒体特殊宣传。那一年，老陆被上海东方卫视评为“十大真情人物”之一，本可以得到一万元奖金，可老陆死活不愿接受，在领奖台下好一阵推让。他推辞的理由是“我本来就是帮人的嘛，怎能在另外的地方拿好处？”主办方领导劝说道：“这钱台里已列支出了，不可能收回的，老陆你可以先收下钱，然后再去捐给别人。”老陆一听这话更急了：“你们把我看成是什么人了？我捐钱当然得是我自己劳动所得。拿别人的钱再去充（做）好人，我老陆是绝对不做这种事的！”我听说这事后顿生感慨：以老陆的文化水平，他应该是不知道“沽名钓誉”“泾渭分明”“洁身自好”这类词的，但他分明又比许多人都要懂得这些个词的内在含义。

老陆虽已年过八旬，却红光满面，身体看上去很好，这应该与他每天坚持拉煤劳动有关。曾有人对年迈的老陆为什么不休息养老持有疑问，事实上老陆也不缺乏关心，有来自政府的、子女的以及社会层面的，但他一概不予接受，谁劝都不管用，回绝得既直接又理直气壮：“我还能劳动，不想吃闲饭！”他真正视劳动为快乐，因劳动而自豪。“不劳动，时间长了，你就会腿骨变硬，抵抗力变差，身体怎么好得了？”体力活儿，别人当苦老陆当乐，他白天全身心地投入劳动，晚上回家喝点小酒哼个小调，早睡早起，十分满足。“我还是我，该吃吃，该喝喝，还干得动为什么要闲着？”曾经受表彰、当模范的事，于他而言仿佛一阵风吹过，根本就没有留下什么痕迹，也丝毫没有改变自己简单而快乐的生活。

2008年以后，当年曾经专程前来采访过老陆的四川某电视台两位记者，为老陆的善举深为感动。其后，还曾特地结伴自费飞来浙江，赶到老陆家。事实上并无多少忙好帮，只为看望一下心目中崇敬的老人。老陆一贯低调，唯对这事不遮不掩，会主动告诉人，言语间骄傲得不行，一再夸这些个年轻人懂事、良心好，“懂得感恩的人今后能成大事！”我听说这事也由衷地感动，既为年轻人的行为感动，也为老陆的长者胸怀感动。像老陆这样的好人确实不会孤独！我因此也毫不怀疑镇上朋友告诉我的一件事：总有各式各样、熟悉的陌生的人伸出手，在老陆拉煤车上坡时帮着推上一把，特别是那些原本骑着车的人，会不言不语地下车，伸出一只手帮着推煤车。

聊天够愉快，却难免一别，何况老陆还有活儿要干。路灯迷蒙的微光照在老陆的脸上，又将他的身影在街巷里拉得很长，真的是触景生情，让我觉得有无尽的美好与惆怅在尘世流淌。临别，我再三跟老陆说年龄不饶人，要尽量少拉一点。老陆咧嘴笑了笑，诚恳地回谢我道：“知道，知道，你是为我好，拉得少是为了拉得久嘛！”好你个老陆，真不简单，你这分明又是一句凡人哲语啊！

“呦呦鹿鸣，食野之苹。”一如既往地，老陆就这么劳动着、助人着、满足着！

我们生活的世界,多的是复杂,多的是纠结,多的是自我,人生哲学这门课,许多人貌似研究得很透,实则得分并不高。活得简单敞亮明白的拉煤老人老陆,像一面镜子,照得出我们自惭形秽。

从“懵”到“懂”四十年

一

你说奇不奇，时隔四十年，我至今仍清楚地记得 1978 年考上大学报到时的情形，背着被褥铺盖，跟在父亲身后，怯生生踏进浙江师范大学湖州分校大门的时节，已是“深秋风乍起，满地落叶黄”。那时，我才刚满 15 周岁，正是懵懵懂懂的年纪。

二

1962 年 9 月，我在一家位于小集镇（那时还叫“公社”）的地方国营工厂里出生，并在此慢慢长大。父母都是这家工厂里普通的工人，家境尚可，父母虽然文化程度不高，却是家教严格。那个年代，读书不像现在那么竞争激烈，于是乎，和厂里大多数职工子弟一样，从小学、初中，稀里糊涂就读到了社办高中。恢复高考的消息如冬日暖风般自京城而来，四处传开，有力地冲击着这片刚刚结束十年动乱而复苏的土地。在这之前，尽管我的学习成绩一直不错，在那所小小的公社中学里，算有点虚名，但上大学这样的好事，连梦都不敢做。作为家中长子，我很清楚，一旦如流水般走完高中行程，等着我的下一站，就是步厂子里那些大我几岁的职工子女后尘，下放农村广阔天地“修地球”。至于何时能够返城回家，只有天知道，如果没有参军和推荐上学这样的机会，对不起，很可能“面朝黄土背朝天”当一辈子农民。于是自然而然，我的莫测前路，成为父母亲不时长吁短叹的重要主题。

在我刚读高中时，有个农民模样的人开始出现在我眼前，渐渐便成为我家的常客。我起先不清楚他的来头，后来才慢慢明白他是本公社的一个大队支部书记。只记得父母待他很客气，总是设法上酒添菜的招待他。这位书记外表淳朴，嗓门洪亮倒是老实，每回来去自由，吃喝畅快，宛如在自己家一般，害得我和妹妹的伙食标准在他走之后会降许多天。这样的次数一多，我不能不对这位大神心生怨意。偶尔在一个纳凉的夏夜，外婆摇着蒲扇，不无神秘地告诉我，这是我那劳心的父母未雨绸缪，提前为我选好了较近的下放地点。“得对他客气点。你身子骨单薄（我那时个头小），你爸妈可担心了。下到农村劳动，不为占人便宜，有人罩着不受欺负就行。”我听了这话，像是明白了什么，又好像更困惑了。炎炎夏日酷热难耐，本就有些烦躁，眼望着天上的繁星，心里很有些乱，怨意就更添了一分。

这件事一直搁在我心里，多少年都移不走。起先是对我这般平民家庭非要如此运作的一点不以为然，甚至还有一份对父母的怪怨，因为面对同学，觉得此事做得不够光明正大。若干年后我亦为人父，内心的怨意才渐渐化为某种入骨的疼痛，既为自己曾经有过的命运无情考验，更为父母不无功利行为背后的委曲求全。以至于有一回同学聚会，不知怎么的主动提起此事，我很敏感，瞬间感觉席间有人面色有些怪异。许是多心，反正当时实在后悔说及此事，与那做怪脸人翻脸绝交的心思都有。其后再不愿意跟人念叨这事，由此开始一直反感那些所谓成功人士漫不经心，或言不由衷地称颂“苦难也是财富”类的言论。在那样一个年代，未成年的孩子下放农村劳动，对一个家庭意味着什么？在农村天长日久地辛劳，永无回城希望，是父母们多么深的痛？好在，这样的年代早已过去，这样的荒唐永不再有。

当然，我那时只是听说过一些厂里的知青下放农村生活的惊骇传闻，但毕竟没有亲身体验，所以，懵懵懂懂的。我的高考复习动力并不十足，看书听课做作业基本上都是一种下意识的“乖孩子”行为。

我最喜欢的科目是“地理”，其实就是出于对地图的特别偏爱，打小就为中国和世界两张五颜六色的地图深深着迷，这一爱好延伸的价值是明显的，那就是我的行政地理知识较为扎实，因而也滋生难以置信的自信。有一回上地理课，老师在教授“宝成铁路”知识点时，称这条铁路“穿越陕川两省，地势险峻壮观，因此具备两种截然不同的地貌”。当时我竟冲动地举手发言，当堂指出老师说法有误，因为这条铁路还擦边占了甘肃省天水市地界的一小角（课堂上悬挂的全国地图，因为比例偏小，使得铁路线与省界线完全重合，根本难以识别。只有察看更大比例的分省地图册，才有可能注意到这个细节），所以准确地说，“宝成铁路”是穿越了陕甘川三个省。老师真是好老师，略显窘迫之时，仍很大度，不仅没有斥责我，还特意去办公室取来的地图册，比对以后当堂承认错误，并当众宣布我可以免修他的地理课，独自回家自习。当时让我闹了个大红脸，当然，其后我不仅没有缺席他的课，而且（也只能）听得更认真，对这位老师也愈加恭敬了。之后很多年，想起这事脸还微微发烫，不是年轻气盛，不是懵懵懂懂，还能是什么？想想就很懊悔。

三

漫漫人生路，转弯最重要。幸好，在高中毕业踏上社会这个人生节点上，我的命运之车拐弯挺顺，我成了那一年为数不多的高考幸运儿，来到大学校园。

至于我的大学生活，反而显得线条有些简单，可追忆的事情不太多，自觉不自觉的，基本也还处于一种懵懂状态。懵懵懂懂地上了学，像刘姥姥进大观园一般，环境、生活、同学，一切都是崭新的，一切都令人好奇生趣。前年读到作家李敬泽接受《南方人物周刊》记者的采访，称自己当年考入北大中文系学习，“也就是个 16 岁的小孩儿，根本没人跟我玩儿”，“大学四年，恋爱也没谈，唯一的记忆就是女同学拍着我的后脑勺儿说，走，看电影去。可不是单独看电影，是一群人看电影”。读到这些话，我是比较会意，不禁哑然失笑。不过，我耳闻目睹，今天仍留存记忆的趣事，似乎比李敬泽要略微丰富些，比如，某位教古代文学的教授学富五车，还颇具魏晋古风，不拘小节，不修边幅，中山装口袋整日鼓鼓囊囊的，原来袋藏小酒瓶，课讲得兴起时，会忽然刹车，借故出教室门，拿出酒瓶偷偷喝上一口，留下满教室的人面面相觑。待到时间久了，大伙知道了这个秘密，一旦教授故技重演教室里就会响起一片善意的哄笑声。还比如刚入学时住宿条件极差，三十几号人挤在一间教室大小的寝室里。白天迎面走过都得侧身，到了晚上更显热闹，打鼾声、磨牙声此起彼伏，更不时听到有睡相不好的从高低铺上滚下来的巨大响动。有趣的是，到天明时总没人承认自己是昨晚那个倒霉蛋，或许这位老兄确实就是在美梦中稀里糊涂地摔下来，又迷迷糊糊地爬上自己的铺位。

略感欣慰的是，那时的求知欲倒还旺盛。可以说，除了正常的排课，所有的知识讲座都想听，图书馆所有的书籍都想借来看，贪婪地囫囵吞枣地看所有能够借到的书(包括那些手抄本)，所有的电影都要去赶个场子（捎带着无意之中为高龄同学做个“灯泡”什么的）。除此之外所有的学生活动都积极报名去参加。学雷锋做好事活动，结队到车站打扫卫生什么的，因为年轻好奇，加上精气神十足，故而一样活动也不愿落下。当然现在回想起来，效果其实也有限，一是因为实在年龄小，根本挤不上正儿八经的台面，二是因为那时活动本身就少，不外乎一些文体活动。

“懵懵懂懂”真是个有意思的词！懵就是不懂，懂就是不懵，本来是两种完全不同的形态，放在一起，似懂非懂，若有似无，由此及彼，互为体现。这词可够得上年少的我的标配。

年过半百已数年，人生真正到了下半场。许多过往事情，犹如大浪淘沙，水退石出，开始清晰起来，算是有了相对丰富的阅历，以及相对高级一点的认知。我有时想起来，自己的童年青年生活，总体其实是单调的，因为生性懦弱温顺，因为太听家长的话，太想做老师眼里的好学生，可以说学生生活相对无趣。成年后参加同学会，小伙伴们聊起当年的奇闻趣事，听得我目瞪口呆，因为我不仅没参与，甚至从没听说过。这么看来，年轻时也无妨做一点荒唐事，只要不是太出格，惊天地泣鬼神，反倒是老年时的生动谈资，常有人说经历是一种财富，我想应该就是此意。

还有一些事理，今天也未必全悟透，仍处于懵懂状态，离“世事洞明”太远，只好留待岁月来补习了。

四

张爱玲在《红楼梦魇》里说“人生有三恨：一恨海棠无香；二恨鲫鱼有刺；三恨红楼未完”。诚恳地说，我的人生没有恨，只有一点点遗憾。如果非要说“恨”，就只恨时光不能倒流，重新来一回，人生许多事的处理，当会更妥帖更周全一些。当然这是个美丽的神话，根本就不可能，所以，恨也是白恨。唯一的念想就是“珍惜”两字，珍惜当下每一个看似平平常常的日子，争取把每一天都过得安稳充实如意。

黑　金

“每一个不曾起舞的日子，都是对生命的辜负。”

——尼采

幻梦

又是一个雨夜。夜幕降临得早，窗外竹影婆娑，细雨蒙蒙，随风入夜，落地无声，给这寂静的世界平添了几分神秘虚幻的色彩。夜色还是厉害，很像一池硕大无边的湖水，宽不可及，又雾气升腾，似乎能强势张狂地将这大地上的一切都笼罩其中。

雨夜蜗居最宜梦。我倒并不常做梦，难得的关于梦的体验与享受，是从一个真切甜蜜的梦中微微醒来，朦朦胧胧，似醒未醒。情愿赖着不起床，一动不动地窝着，甚至拿毯子蒙着头，让自己再度沉睡，能潜回梦境最盼，虽然明知这种可能性约等于无。老实说，半醒半梦的感觉真的很美妙，觉得整个人像在潜泳一般。半个身体浮在水面上，呼吸着新鲜空气，人是醒着的，半个身体又坠在水面下，沉浸在梦的湖水里。尤其神奇的是，半梦半醒的状态，让人能依稀记起梦的内容，比照真实的生活，才足可玩味。

昨夜的梦，犹如坐在一艘摆渡船上，船儿轻轻启动，划开一片平静湖水，晃晃悠悠地，将我又一次送到了一个熟悉的泊位，那就是我年少时曾经生活劳动过的小煤矿。说“又一次”，就意味着不是第一次。能多次在梦里纠缠同一件事，大概就不是无缘由、没根据的乱梦三千。《梦的解析》里说，“梦是（一个人）儿时欲望的伪装的满足”。这个关于梦的语气坚决明确的理论，貌似并不深奥，居然还是作者弗洛伊德自鸣得意的三大发现之一。每个人都有大大小小的欲望，童年时代的欲望多半天真一些，这是不容置疑的，能不能得到满足则是另一回事，或多或少的满足，即便是假装满足。所以我是认可这一理论的，它可以印证我的梦有根有源，不是空穴来风。事实上我确曾在青春年少时到煤矿干过一阵子活儿，只是时间不算久，强度不算大，体验式劳动而已。这事儿要追溯到二十世纪七十年代中期，那年我还未满十四周岁，正读初中二年级。曾经恣意地挥霍时光，却给了少年的我最早的销魂感。

似乎当我们这一代人进入初中的年纪，“文化大革命”已接近尾声，社会秩序开始恢复正常，校园也显得平静起来，教学上课，已能按部就班不受干扰地进行。唯一影响文化课学习的，是各处的中小学校还要按上级要求，因地制宜，组织学生定期进工厂下农村，参加各类劳动，接受贫下中农和工人阶级的再教育。我就读的学校，因为所在地不远处拥有一个煤矿，所以就让我们这帮初中生当上了小矿工。我们当然算不得正式矿工，纯粹是响应号召，以学生的身份，参加所谓“学工学农劳动”。每次停课个把月，带着铺盖去，白天上山挖煤，吃住都在矿区集体宿舍。从初二到高一，先后去过四五次，直到后来粉碎“四人帮”，恢复高考制度才告结束。

忆时像一场梦，道来却刻骨铭心。

采煤

头一次集体整队去煤矿的情形是终生难忘的：初夏时节的江南小镇，天亮得异乎寻常的早，太阳仿佛已不耐烦于春天的温情，开始显露它暴躁的一面。阳光长时间打在脸上，会让人稍稍有些炙热的感觉，谁会在乎这点事呢，偌大个操场上，没人像平时那样躲到树荫里去，小伙伴们三五成群，早早地聚拢在一起候车，一个个都兴高采烈得像打了鸡血，想到即将奔赴的煤矿，多少都有些按捺不住的激动与急切。确实，那未知的神秘煤矿，对仅抱有单纯朴素想法的我们来讲实在太陌生、太具有吸引力了。因为太陌生，所以就有无穷的想象空间，只有无限浪漫是可以肯定的。至于可能遇到的这样那样的问题与困难，就压根儿没想过，想到了又能怎样呢？管它呢，能去就开心。到点出发，一辆手扶拖拉机装了全部行李。因为行李很简单，每人一个搪瓷洗脸盆，装着毛巾牙杯等洗漱用品，一床薄薄的被子被绳子勒成了一小块，搁在脸盆里都特别不起眼。另一辆大卡车拉着我们，四十几号人一起站立在大车斗里，挤得满满当当。这让我们感到既新鲜又兴奋，仿佛人与人之间没了距离感，宽松随意得不行，遇到车转弯，车上人站立不稳，便歪歪扭扭、推推搡搡地嬉笑上好一阵，才恢复正常站姿。待到卡车驶出校门，穿过小镇狭窄的街区，街上的居民驻足观望，纷纷投以好奇的目光，这又大大地刺激了年轻人的那根虚荣的敏感神经，不由自主地就都正儿八经起来，开始昂着头高声唱歌，“地道战哎地道战，埋伏了神兵千百万，嗨，埋伏了神兵千百万……”一首接一首，一遍又一遍，出了街区也刹不住车，情绪高涨到了极点，仿佛要把车子引爆，声嘶力竭的歌声随着滚滚车尘流落一地。

可惜我们这种歇斯底里般的兴奋劲并没能持续太久，很快为抵达矿上后的一种失望情绪折损掉大半。令我们万万没想到的是，这个叫作铜官桥的煤矿，竟然是个露天石煤矿。在这里采出的煤，会被配上一个土里土气的名字“石煤”。而且这种被叫作“石煤”的东西，居然只藏在浅表层的植被下面，砍掉地表杂树，扒开土层就暴露于阳光之下，似乎一点都不懂得但凡好东西都特别善于掩藏的道理。更何况石煤相貌也不好看，大小不一，形状无规则，颜色也是灰不溜秋的，完全不符合我们从电影里得到的煤是黑得发亮的“乌金”的观念。当然那时我们觉得石煤色暗丑陋还不是最主要的，关键是露天矿，所以根本不需要下“矿井”，这才令我和小伙伴们有说不出的失望。想想都令人沮丧，不能戴着腔调十足的装有矿灯的帽子，坐着小火车下到几百米深的矿井，拿着钻机对着乌黑的煤层，在头顶射出的一束强光照射下，电门一开，突突突，乌黑锃亮的煤块纷纷滚落，不消多久，脚边便被堆满，你须得前跨几步，上到更高一些的位置，才能继续作业，多么有画面感！可是，眼前的煤矿现状是，与“矿井、矿洞”什么的，都挨不上边，你只能在地面上扒拉石块，这能算什么矿啊？跟农民在田地上掘地铲土有什么区别呢？

当然，到这时候想法再多也没用，你不愿意也不可能当逃兵，你得踏踏实实地每天按时上山劳动，只有下雨天才能歇工休息。奇怪的是，不明白老天爷有心帮忙还是有意捉弄我们，那段时间天气总是出奇的好。水洗般湛蓝的天空，总挂着几片白云，不远不近地看着你，仿佛是人工布景似的，居然老半天一动不动，与群山怀抱里大片丛林的绿色，构成了色彩丰富的画板，成为我们每天劳动现场的标配。可惜我们都见怪不怪了，没有多少兴致将注意力聚焦天上，因为虽说不用下井，但挖煤可真不是一件轻松劳动。石煤其实就是有可燃物质的岩石而已，特别沉重且坚硬，不易挖掘，得用上洋镐连续使大劲儿开掘，土块才可能松动一点。所以，矿上通常会使用炸药，将板结的石煤层炸松一些，炸药当然得由外请的专门工人师傅安放施爆。这时候，我们得远远地躲到山的另一头，等待地动山摇的那一刻，待到确认安全，硝烟散去，我们才回到工地。然后将炸松的石煤用锤或镐子砸松敲下，再用铁锹铲进小筐，发力拎起，倒进双轮车，然后溜坡将车推到指定地点，一倒了之。坡下边会有矿上正式职工装车运走，至于装去哪里，派什么用，我们就一概不知了。当然，这本来就不是应该由我们来操心的事，可是，偏偏同学们又对这事特别感兴趣，会边干活儿边讨论这事，最后较为一致的意见是，挖的煤，是提供给火车做燃料了。

那时节，镇上刚通了铁路，小伙伴们怀着敬畏无比的心情，每天放学赶去车站，看不厌火车的一切，为火车头的轰隆隆的强大动力震撼不已。体积庞大、能量无限、势不可当，其声响和体魄简直令小伙伴们目瞪口呆。那时我们刚刚上过常识课，已懂得一点蒸汽机动力的皮毛知识。原来,乌漆墨黑的煤炭,被火车头里的司炉工,用铁铲一铲一铲送入火炉,经充分燃烧,让水变成蒸汽,蒸汽的能量转换为动力推动着长蛇般满载货物或乘客的列车,在汽笛的长鸣声里,沿着铁轨,咔嚓咔嚓,势不可当地驶向远方。这一发现,就像兴奋剂般注入少年们骚动的神经,给我们催生了同样难以置信的劳动动力,我们以为自己的劳作,是在推着火车跑呢!而且,我们那时都耳熟能详一首歌:“车轮飞,汽笛叫,火车向着韶山跑。穿过峻岭越过河,迎着霞光千万道……”车轮都能“飞”起来,毫无疑问,它会跑向北京,跑向辽阔祖国的大江南北、边疆海角。

直到结束学工劳动,高中毕业,多数人也是没弄明白那就是个乌龙:石煤虽说也是煤,却是煤里品质最差的,发热量不高,基本不超过800大卡/千克,一般用以烧制水泥、制造化肥,以及用燃后灰渣装胚,压制成碳化砖什么的,多少有些用处,根本不可能充作火车蒸汽机燃料。这点后知后觉的知识,一旦了解很是伤人,着实让我沮丧了好一阵子。情绪因之低落,特别忌讳与人谈论煤矿这段经历。直到若干年后,我读到美国作家芭芭拉·弗里兹的著作《黑矿石的爱与恨——煤的故事》,读到书中马修·博尔顿回答乔治三世疑问的话,如电闪雷鸣般,震撼的同时内心产生极大共鸣。

自十八世纪初叶开始,年轻的詹姆斯·瓦特突然像疯子一样,整天痴迷于一项研究发明:蒸汽机,甚至无暇顾及自己正常生活的来源何以保证,以至于生活捉襟见肘,陷入困顿。瓦特的好朋友,年轻的马修·博尔顿这时挺身而出,全然不顾旁人的冷嘲热讽,倾尽全力地资助瓦特的研究,因为他无条件信任瓦特,坚信自己朋友的这项研究具有无尽的潜力,直到惊动皇室。博尔顿如此回答乔治三世的询问:“陛下, 我们正在忙于制造一种君主们梦寐以求的商品。”乔治三世不解地追问到底是什么怪物,博尔顿回应道:“是力量,陛下! ”

哦,力量真伟大! 还有,年轻真好!

力量, 无疑是值得称颂的! 待我有一天终于弄明白其中原委,曾经纯真少年的我们,恰如年轻的瓦特、博尔顿,虔诚地相信世上有力量这种东西, 才让原本无形的力量成为一种了不起的美好,让青春之火燃烧,让灵魂之歌高唱。这个时候,至于挖的是什么样的煤,已不再是关键问题,这如同瓦特他们的蒸汽机最终是否研制成功,反而变得不那么重要了。

除了挖掘,运输则是另一道主要工序,简单地说,就是将煤装车从山顶拉到山腰堆场。

如果您以为推车下坡比拉车上坡省劲省心,那可就错大了。推车下坡,准确讲是你用手拽着车把下坡,纤绳着力点在后背,虽然现场看去也是拉着车,可是车在人前重心就在前,稍不留神就容易失控溜车。矿位于山腰中,要将煤车运至山脚下的公路,就有一段不算小的坡度。路面又不平,车行就有些颠簸,颠得车上的煤块上下翻滚。加上车速还越来越快,越紧张就越把持不住车把,几乎是人被动地让车扯着走,尽管车把两边还有两根粗绳被另两个同学一同拉着,用以控制速度。差不多溜车到倾倒堆场时,因为脚下是刚被倒上的煤石面,土质自然很松软,车轮总会陷入其中,令车速骤然下降,人很容易止步不及撞上煤车,产生险情，当然更可能出现的情形是，你慌不迭地忘了抬高车把就匆忙甩手放掉车把。现在想来这真是个技术活，也考验勇气，急刹车、抬起车把、同时甩手放车这一连串动作，得恰到好处、一气呵成，时间偏快偏慢、用力偏大偏小都不成，而且三人得步调一致才行。多半情况下，由于我们都还年少体弱，向上抬扦的爆发力不够，车把下沉，车头上翘，根本无法做到让车内煤块整体倾倒出来。直接的后果是令工作量增加不少，因为你要重新抬高车把倾倒，满车的煤石因为得不到借力，变得死沉死沉的，得费好大劲儿用铁耙扒出来。后续还有一个可能的麻烦是，因为那时你面朝煤车使劲儿扒煤，你还得防备一不留神，脚一踏空，整个人失去重心，站立不稳，骨碌碌滚下山去。当然还有更糟糕的后果，就是你终于拉拽不住，车子继续溜坡，连煤带车直接冲下山坡，车身车轮在半道上散架，车上的煤块倒是正好趁势飞出，四散滚落。遭遇这样的事故，起先很令年轻的车把式有些狼狈，后来次数多了就有些不以为意，甚而引为趣事，但见溜车，总会起哄，大伙儿忍俊不禁，管这叫“放高射炮啰”。一旦放了高射炮，可就得费老劲儿了，因为你得下山重新装配好煤车，再拉回山上，一上一下通常得费去大半个工时，没多久就赶上“日落西山红霞飞”，可以收工啦。有偷懒的同学因此找到窍门，还有意无意地放上了“高射炮”，导致一段时间溜车现象空前严重，特别频繁。老师心有疑虑，但也无处可查，只好在开会时含沙射影地训导几句，也没能注意到座中有人相互挤眼做鬼脸，见怪不怪，也就不了了之。

能苦中作乐，眼前这点苦，就感觉到是能熬得过去的苦了。

今天来体悟，这或许也是仁慈的老师面对顽皮学生会轻放一马的因素之一呢。

生活

矿上的生活区为四五栋土墙灰瓦的低矮平房，在山脚下一字形整齐排列。隔着一小块不太平整，长有杂草的黄泥空地，坡下横着一条窄窄的简易公路，曲里拐弯的，一头通往公社，另一头通向我们尚未去过的大山深处。房子主要用作宿舍，男生多就当仁不让地占两间，女生占一间。另外就是食堂，一间做厨房，还有两间为饭堂，必要时兼做会议室。

从外观上看，用作宿舍的房子整齐划一，没有半点个性的特征。推开嘎嘎作响的简易木门，进入我们的宿舍，即使是白天也黑咕隆咚的，因为窗开得太小。房内设施也简陋到了你的想象力的边缘，除了一排紧紧挨着墙的睡床以及床下搁着的一只洗脸盆，几乎再无别的像样东西。睡床不是家里睡习惯了的木板床，更不是舒适的棕棒床，而是“竹榻”。顾名思义，竹榻是用竹子制作的，取四根笔直的毛竹做床板骨架，切掉竹梢竹根，削掉竹节上容易扎手的凸痕，使得竹管摸上去光滑顺溜，然后在两根粗竹子的两头凿一洞，将稍细稍短一些的另两根竹管插入洞中，竹榻的四围框架就有了，中间便是竹片稀疏却规则相连的竹榻，架在同样由竹管做的人字形凳脚上，再铺上一张草席，就成了一张床。竹管本就生脆，竹管与竹管接触，稍一动弹便吱吱嘎嘎作响。最要命的还是它不板扎牢固，禁不起扭曲磨损。因此晚间睡在竹榻上，翻身都得小心着，因为一不留神，竹榻的某一角就有可能滑落，令身体失去平衡而滚落至地上，梦中惊醒，一定是狼狈不堪。这由此就让调皮捣蛋的同学找到了恶作剧的途径，趁人不备，悄悄地抽走某张竹榻所架的条凳，让竹榻勉强地架在别人的竹凳上，因为竹凳通常要比竹榻宽一些，自然可以承架两张竹榻的榻管，所以，一时三刻不太会被床位主人发现其实有某种安全隐患。待到夜深人静时，猛地听得一声巨响，接着一阵丁零咣当的声响，某人的竹榻呼啦啦落地，又压着了床铺底下放着的搪瓷脸盆，产生的音响效果，引得满室爆炸式哄笑，夹杂着这位倒霉蛋的骂声，其声浪可以将屋顶掀翻。直到值班老师急匆匆赶来，因找不到乱源所在，只能笼而统之地一顿训斥，才陡然鸦雀无声，待他离开，闷在被窝里的张张歪嘴才又复归大笑。所幸我自始至终没有遭遇这噩运，只因我多了个心眼，且不怕麻烦，每回上床前必得悄悄仔细检查一番床铺，确认没有敌情，才敢爬上床去，边舒坦着身板边暗自得意。作为一天紧张辛苦劳动后的精神调剂，这样的恶作剧经常在大宿舍里上演，只不过有几个倒霉蛋总轮着做而已，实在是矿上生活屈指可数的乐趣之一。

每天晚饭后到被迫熄灯睡觉这段时间，大致有四个小时，几乎无所事事，除了少数几个热衷于下一种简单的“陆战棋”，直到争得面红耳赤才肯收场以外，大部分人包括女生，只能扎堆聊天吹牛。他们或站或蹲，聚在宿舍门前小小的坡地上，国际国内，海阔天高，没什么顾忌，聊到哪儿是哪儿，不聊个痛快不肯罢休。与平原地区的太阳比，山里的太阳总是会早早地躲藏起来。夜幕降临，大地肃静，这时繁星点点，在夜空里闪烁，成了浩瀚夜空的主人，它们总会成为我们议论的开篇与重要内容之一，诸如对着星星猜名字什么的。我们仅有的一点天文知识，似乎就是那时相互启蒙而获取的。比如天上最亮的星星叫木星，形如勺子的星就是北斗星等。从没有老师教过这方面知识，都是大伙在讨论中无师自通的。好像我们也曾谈到过坚强的保尔与他小资的女友冬妮娅，谈到过万里之外那条了不得的坦赞铁路，可惜我已经忘了议论的细节，想来是因为话题过于小众，所以没能谈多深，或者根本就没有成为公共话题。只有人人感兴趣，人人都能说得上话的题目，才会引起讨论的兴趣与共鸣。甚至一天不够，改天再接着聊下去，成为一个真正意义上的公共话题。比如曾经有一段时间里，我们纠缠于“什么职业才称得上好职业”这个主题，人人都发表高论，又各有各的说辞，天马行空，自由发挥，当然最终是谁也说服不了谁。可惜那时我们还年幼无知，根本不懂得，对于职业的好恶评价，其实就是在朦朦胧胧地憧憬着理想，当然也许我们或多或少地懂了，却不愿直接说什么“理想”这样的庄重的雅词。我清楚记得，我说出自己的职业选项时，同伴们有些意外又纷纷点头的情形。我那时确实对一种职业艳羡不已，甚至称得上膜拜，就是当一名火车列车员。我的想法实在单纯，能够穿着干净神气的制服，不花钱就能坐着火车，驰行大江南北，一路不间断地观赏祖国的大好河山，永远看不厌。至于同学们说出的各种各样的工作喜好，有许多让人出乎意料、笑逐颜开的。我记得清清楚楚的一个场景是，某晚话题重开，身材高大却偏偏性格内向，被称作“大个子老蒋”的同学瓮声瓮气地说出一句，“老子要么不当官，要当就当食品公司头头儿”。引起哄堂大笑，然后就是七嘴八舌的声音四起："老蒋，你这不是跟老毛他爸过不去嘛？"

同学嘴里说到的"老毛"，也正是我们班的同学，还是我的同桌。老毛的老爹，就是真正的"老毛"，在公社食品公司当主任。官不算大，但在那个物资匮乏，一切都需凭票供应的年代，算得上是一个很有权力的重要岗位。再加上他爸还是部队转业的干部，虽然没什么文化，可是资历摆在那儿，位置宛如太师椅般稳固，足以使他在镇上的小小公司一言九鼎。于是，每回进矿劳动，老毛同学都顺理成章、雷打不动地被老师分至炊事班，主管伙食，具体的工作其实就是负责每天买菜。当年我们都十五六岁的年纪，正在呼啦啦地长身体，加上干的是重体力劳动，身体消耗大，待到收工进入食堂一个个的便如狼似虎，每个人的胃口之好难以形容，所以，能否确保每餐有荤菜，保证营养跟得上，可真不是一件小事。由此，食堂每天的一道当家荤菜青菜炖红烧肉，对于我们来说，就是必不可少的享受。只要有了"香"和"味"，"色"就不那么重要了。这盆荤菜，其实也简单，就一小块半精半肥的猪肉，搁在几片青菜叶子上。那生猪肉用竹壳丝绑着，放一大锅里，焖严实，拿干柴烧，火是文火，不大却始终不熄。约大半个小时，肉不仅熟了，而且炖得较酥，香气就从锅里往外四溢，还能蹿出食堂，你打老远就能闻着。这香味能把争先恐后地跑向食堂的同学们刺激得嗷嗷叫，争先恐后、心急火燎地挤到窗口领份菜。这个时候，总见有急吼吼的同学，没等找好位子坐下来，就先搛起那块红烧肉，狠狠地咬上一口，可又明显顾虑红烧肉只是小小一块，经不起大口吞食，于是只能克制着轻轻地咬上一小口红烧肉，眯着眼睛，一边嘴角咝咝地呼气，一边很刻意地细嚼慢咽，那副很不舍得、十分享受的神情，至今历历在目，也因此很感慨自己自离矿以后半辈子了，似乎就再也没有吃到过如此美味可口的菜肴。

不怕人见笑，这副吃相其实也是我的真实写照，而且这样刻骨铭心的味蕾享受当然容不得耽误一回，倘若不幸轮上，就足够记一辈子的。不记得我那一天为什么落在了下工队伍的后面，刚到食堂领到红烧肉，找了位子放上桌，准备去打饭时，偏偏又被老师临时召唤去问询个什么事。待到事毕回食堂，未及落座，便一眼发现红烧肉不翼而飞，只剩几片青菜可怜巴巴地素面朝天，我不知道是痛惜红烧肉还是气愤有人欺负我头上，反正那一刻我委屈得想哭。老毛同学这时出现在我身边，问明情况，连连劝我别着急然后返身回了厨房，变戏法地拿来两块红烧肉，“吃，尽管吃，别人吃你一块，老子偏要你吃两块。”我已然忘记当时说了什么感谢他的话没有，只知道赶紧享用这因祸得福的美味。老毛不仅没有离开，还凑近我耳边悄悄告诉我一个秘密，那就是食堂里其实每餐都会多备两份红烧肉的。我光顾着埋头吃肉，根本没有留神他说这秘密时的得意且狡黠的神情，当然也顾不上再去追究到底是哪位大神同学顺嘴吃了我那块红烧肉。还有一点想想也特别有意思，直到今天，我居然也没有想清楚，食堂里每餐必备的那两份荤菜，每次都是被什么人享用去了。

与大多数同学相比，老毛的这份差事最是特别，虽说天不亮就要起大早，无法睡懒觉，令他有些难受，可是好处也是显而易见。比如他每天可以理直气壮地住在镇上要舒适得多的家里，不用和同学们一起挤在矿上简陋的宿舍里。更让好些个同学暗暗羡慕的是,每回老毛买来肉和菜后,都像从战场上下来,背着战功似的,神气十足地交到炊事班的女生手里,就算完事。大半天时间就闲着,愿不愿意在厨房里帮点什么忙,比如洗个菜什么的,全凭他的兴致来决定。兴致所致,他有时也会慢吞吞地踱上山来,来到工地现场,与男同学漫无边际地闲聊,偶尔高兴时,也会应某个女同学之邀,帮助干点活儿,铲煤推车没个准,反正是个自由人。奇怪在那时竟没有哪个同学讲他的牢骚怪话,因为没人能有他这本事,能买到质优价廉的猪肉,你不服气都不行。所以全班数老毛工种最稳定,像铁饭碗,永不换岗,不存在争议。每次集中劳动结束,轻松的老毛还总轻松地稳占一个"劳动积极分子"名额,没的商量。小伙伴们渐渐懂得一个道理:世上的资源,原本有许多,绝不仅仅是煤这一种。

闭矿

学工劳动后来无疾而终,大概是在1977年。

太阳一点一点地升起来,悬在头顶明晃晃地照个大半天,又打西边的山头落下去,还不忘匆匆收走它灿烂的余晖,而让更漫长的沉沉黑夜张扬着来接班。矿上的日子每天单调地重复着,走在上山下山的羊肠小道上,路边的一草一木都已熟悉不过,这很易麻木人的敏感神经,使人轻易捕捉不到生活中那一星半点的实际变化。尽管如此,人们还是觉察到了一星半点的变化。先是跟班劳动的老师忽然少了几位,听说被县里召去集中培训去了,再是我们原本固定的劳动时间也毫无征兆地压缩了数天,宛如一盘棋局来不及下完，就草草收兵了。作为懵懂学子的我们，置身信息相对封闭的山中，没人去深想其中的缘由和它可能对我们意味着什么。当然既不可能也无能力早早预判出，这其实是一则象征春天来临的信息。所以也就没有料想到，某个偶然的入矿劳动时段，竟成为我们这段经历的终点，从而保有特别的留恋与记忆，犹如一段激昂的乐曲缺少了一个休止符。今天来看待这事多少有些遗憾，不过，岁月早已固化了这段难得的经历，也打磨了我们睁眼看世界看人生时，要明显坚硬一些又明显敏感一些的神经。

约翰·列侬说过："所有你乐于挥霍的时间都不能算作浪费。"是的，对于我们来说，中学时代的矿山生活体验，让我们过早地接触了靠劳动支撑生活的现实社会，因之而损失了原本宝贵的一点求学光阴，但谁又能否认我们在失去一些的时候同时又获益良多呢？祸福得失相依，就不能说是浪费时间，甚至不能算是挥霍。

论起来，我的煤矿生活经历，并非我的终身职业，更无关我的生计前途，仅仅是蜻蜓点水般的"学工劳动"体验而已，而且凭良心说条件不算太艰苦，劳动强度也不算太大。可是，它作为我少年时代的一段难忘经历，早已汇聚在我的记忆深处，明明很遥远却仿佛是最近的沉淀，时不时地会泛上心头，足以回味。这样的情景，出现在每个季节，由此我相信其实每个季节，都会有欢乐和痛楚。这样的情景，又多半在夜深人静之时上演，是不是只有这沉沉黑夜，才更有利于感受和包容那些触手可及的珍爱与痛惜呢？帕慕克曾经在他的《新人生》中文版序言里，期待亲爱的中国读者能够进入书中,了解并喜爱书中的角色,与他一起观赏景色,一起幻想往昔,一起体会挚爱。我想我是无意间达到了他的要求,只不过我读的不是一册小扎,而是一本大书,一本少年时代体验煤矿生活的旧书。多么好啊!有了这么真切丰满的生活体验,夫复何求?最爱向晚时分,可以平静地安坐,可以放松地浅眠,可以怀念和享受岁月中无尽的深情挚爱、日常生活中熟稔的周遭景色,可以放松地幻想往昔那一段段的美好,甚至肆无忌惮地沉浸其中。这样的时刻,总让我身心放松,油然产生某种幻觉般的,实则真切无比的美好感觉。我想我真是沉醉其中了,要不,我怎么会总在某些个幽幽的梦境里,扑面遇见伙伴们劳动时的张张黑黢黢的花脸呢?那是一个个日起日落的日子,因为上了煤矿工地,根本用不了半天,就让煤灰给熏得乌黑的脸,一出汗,用衣袖随意一抹脸,甚至用手心擦一把,就算擦了汗,脸上就显出横七竖八的条纹,与闪着光芒的双眼混搭在同一张小脸上,煞是怪异。起初同学间还会相互调侃一番,傻笑着,可不用多久,你、我,甚至所有人全成一个模样,单看脸,甚至分不清男生女生。

于是,我会在梦中突然笑醒。

“老派”的味道

一

上海《文汇报》“笔会”版的编辑潘向黎女士来莫干山，因为参加文学活动日程满满，未有闲暇细谈，临别送我一本《2017年笔会文萃》，还特意强调：“好好看看，这里的文章老纯粹了，有味道。”好好好！我在爽快应允之后，赶紧抽时间翻读了它，还心甘情愿地为“纯粹”与“味道”的命题而劳神琢磨。

二

“味道”是啥味道？当然是好的味道。什么样的文章才够得上“纯粹”二字？人家没说透，也许是有意不说透的，摆明了要我自己去揣摩领会，这很考验悟性，没的说，只有遵嘱一个猛子扎进书里。这么一认真倒真有收获，因为实实在在读到了几篇感觉味道十足的文章，觉得赚了，譬如这篇题为《老派》（作者沈芸）的散文。乍读时觉得慢条斯理，似乎拉拉杂杂有些散，细读之下始见功力。通篇介绍的是旧时传统的上海人的日常起居、饮食习惯、方言俚语，说的是最普通的世俗生活，从满口方言到品尝小吃，强调老派上海人的讲究，有特点，就是有“腔调”，不将就，不迁就，这倒是妙趣横生。而且文章还贵在以小见大，见微知著，从中揭示和展现海派文化的精髓，以及上海人的生活格局。

我读这篇《老派》，大概算得认真，比较注意的是文章内容，或许是因为我比别的读者更多一份亲切感！何故？首先当然是因为沈芸的爷爷夏衍老先生，曾经在我的家乡某小镇读小学，面子上似乎就有那么一分老乡情谊，更主要的，还是内心深处对文章里叙述内容的高度认同。

> 我对老派的推崇，源于我的祖父夏衍，他在饮食起居上是个老派人，就像冬天他身上总爱穿的丝绵袄。
>
> 我们的太祖母和祖母都是浙江德清人，据我姑姑说，我们家烧菜的本源是德清口味。我爷爷不喜欢带味道的蔬菜，不吃韭菜，香菜更是不进门。不吃大蒜和生葱。老派人自有一套老派的坚持，我爷爷说在某些方面，他是“顽固分子”。

我感慨的是时光流逝大半个世纪的今天，我与夏老的口味偏好竟然十分接近，除开对韭菜并不忌口，其他方面则并无二致，所以我也是一个夏老眼里的“顽固分子”。对于自己喜好的坚持，算不算是“老派”风格的一个最显著的特征呢？事实上据我观察，夏衍老先生的故乡人，才是这方面的“顽固分子”群体，而且轻易不会改变，真正“顽固”到底。今日，家乡有个叫新市的古镇，极有耐力地保有这种做派，历世事变迁、风云际会、历史沧桑，依然倔强地经营着那抹古镇旧韵，至今仍无本质的变化。最显著的特征是保有日常生活的慢节奏，在这个繁乱浮躁的时代里，论起来多少显得有点落伍。即使早有了电热器，你还能看到市民骑辆脚踏车，书包架子挂两只铁架，装的是两只热水瓶，左摇右晃地穿行于狭窄的弄堂，碾轧着稀疏的道板发出怪响。这事非关“省铜钿”（可能也不无这个因素，不好太武断），只因习惯使然。一形成习惯，想改变也难。炎炎夏日，即使有空调，还喜欢走到户外，三三两两，在某家院子里团团坐，摇蒲扇，纳凉工夫可以乱扯“山海经”。张家长李家短的：诸如西栅头许家老二当导演，拍的片子在东京获了个什么奖；东栅头陈家丫头高考夺了全市状元等等的趣闻逸事，聊得不亦乐乎，不聊到尽兴不收场。难得的是话题多半是这种有文化、显得体面的话题，谁谁谁发洋财、闹花边什么的内容反倒是少见，这也是小镇人颇耐人寻味的地方。

方言俚语仍是老家每个小镇上最通用、最易识别乡人的工具。比如“有味道”，是一句赞扬话，却夸奖得有节制，留有余地，实在好出一定水平，才肯说出味道“交关（非常）好”或者味道“好得不得了”这样的赞语。再比如沈芸文中提到的“肉麻”，你万万不可照搬《辞海》里的权威解注，把它理解成“因为轻佻或虚伪而引起的某种不舒服感”，那可就差之千里了。单看字面，你断然想不到它竟是喜欢的意思，而且这种喜欢还不是一般程度的喜欢，也不完全不同于“怜爱”，内涵较为丰富，而是一种带有深切情感的怜爱，通常适用于长辈对晚辈，至少是同辈间使用。还有“小赤佬”“小戳气”“小驹头”等叫法，字面不好看，却都不一定是贬义，很可能是昵称爱称，要具体到使用场合来鉴别。其他如咒骂人的话，听着蛮狠蛮厉害却都不见力道。最凶的骂人话，不过是“吃一记杀头巴掌”这种话，讲过算数，多半不真动手，与吓人的“杀头”隔了不知多少条河。

还比如坊间称谓，也偏偏显出那么一点特别来。幼童少年路遇长辈，礼貌称呼张口就来，“芳芝阿姨”“杨刚姆妈”“久生叔叔”，多半带着长辈名字一块喊，不仅不讳名，还显得熟稔自然，不生分，左邻右舍的像一家人。更有意思的是同辈间的打招呼，往往会跟着小辈叫，客客气气，自自然然，此时完全不受辈分约束，透着那么点亲切与谦卑的意味。

新市有“千年古镇，江南小上海”之称。我相信，敢自称“小上海”是需要底气的，事实上全国自称“小上海”的地方也不独新市一家，但在许多乡亲乡贤眼里，新市的气质最相近，最有上海腔调。江南小镇多，但《林家铺子》《蚕花姑娘》这样的电影片子，只配在新市这样的地方拍，那种闲适、恬淡的江南味道才出得来。粉墙黛瓦、古桥流水，家家枕河、户户楼宇，商业发达，不仅商贾大户多，更是出过赵萝蕤、资中筠这样的大家闺秀、文化名人，一切的一切，才显得那么合情合理。

有着“燕大校花”之称的散文家、翻译家赵萝蕤女士，在她散文《浙江故里记》中，回忆起1937年8月，时年25岁的自己，为避难曾经和母亲、弟弟一起，坐船重回江南新市老家，初踏进宅门时的情形：

> 走进那间老厅屋，点着两盏玻璃煤油灯，照出梁上灰暗俞樾的对条，和洒金红泥的陈书凤书联对，还有春夏秋冬四幅画——我想母亲也有点喜极而泣了。

我对于故乡浙江有这些私情的偏爱，因此看到《儒林外史》里面短短三数行里，那个特殊的某镇的夜景，说到一座桑园里透出灯光来的景象，不免就雀跃的十分喜欢……

寥寥数语，有气韵，也很有画面感。读着这些朴素且温润的文字，不忍放下，仿佛立刻就能置身其中，甚至原本就在现场，从来不曾走出过。联想到文章写作的背景，正是中华大地乱云飞渡，作者含冤挨批、饱受冲击凌辱的动乱年代，作者竟能用这般平和、唯美的文字，描述出安静、纯粹并有味道的家乡生活，不由不感慨不起敬，这是那种“有味道”的人才有的做派，一般人望尘莫及的。

三

行文至此，脑海里突然跳出一位女作家的名字，然后，就是清清楚楚的音容笑貌扑来，尽管我与她仅有过一面之缘。她就是得到王安忆礼赞“多么爱生活，爱得太多太多”，却不幸英年早逝的沪上作家程乃珊。

数年前，程乃珊和赵长天、王周生等一拨上海作家结伴来莫干山参加某个文化活动，程、王两位女作家还有夫君伴行，比他人多一份快意。活动结束后应我之邀，下山来到镇上我家小憩。几位作家都挺放松随和，所以那天气氛真的是少有的轻松愉快。见我家的庭院面积不小，植物随性摆放或扦插，自由生长，程乃珊显得开心羡慕不已，感慨连连：“哪能(怎么)好噶适宜啦！”这一句话连说好几回。临别在客厅沙发上集体合影之后，作家们又周到地提议要与我们夫妻单独合影。其他人只是随意地在沙发上理了理衣服拍照完事，轮到程乃珊，就讲究了，东寻西看的，非要找个合适的背景，后确定以一排直通屋顶的书橱作背景，且非拉过我夫人来，和她一起站中间合影才了事，着实地磨叽了一阵。赵长天在一旁笑道："侬拍张照片，我大半杯茶都喝掉了。"听闻这一善意的玩笑，程乃珊几乎是不假思索地接口回道："迭个(这)两桩事体不一样啦，侬喝茶只是侬自家的事……"反应快声音亮，一时无人能接话，难怪王安忆曾经说过程有"急智"，此是例证之一。揣其言下之意，拍照可不是单个人的事情，因而就有个拿什么姿态与别人相处的问题，自然也还有个留待后人评价的可能，这应该是程乃珊后半句话的意思，可是她忍住没说，留有半分余地，意思到了，听者若有心，自然会去领会，因而显得既讲究又节制。如果说典型的"老派"上海人有格局、有"腔调"的话，程乃珊无疑算一位。

而今两位作家均已离世，回想当时情形，美好的瞬间与感觉已然凝固。

四

"老派"确实是一种特别的腔调，"老派"也是值得回味的一种味道。"老派"可不是老酸，更不是悖时，恰到好处才见"老派"的真功夫。

喜爱飞雪连天的意境

一

雪，漫天飞舞的冬日飘雪，无疑是这世间连天接地，最为难得的景致。雪，洁白无瑕的雪花，犹如美丽的精灵，她脱胎于苍穹，却选择大地作为自己飞翔的终点，待到留给人间种种美与欢乐以后，她又趁着阳光普照、大地回暖的时节，悄然遁去，不留一星半点痕迹……

雪，并不是南方冬天的标配。我出生在南方，并且常年生活在南方，因此不能确保每年冬天有幸与雪相会，但也许正是因为难得一见，我更加由衷地喜欢雪。

我为此而期盼雪季到来的心情，总有点急切不已。

怎能不着急呢？时令入冬都已有小半月了，茂盛了半年的树叶还在纷纷扬扬地飘落，没有停止的迹象，天空依然晴好灿烂，气温也是稳稳地停在一定的高位，这让我有点手足无措的感觉，甚至有点焦虑。事实上，自立冬以后的日子，我一直在盼着雪的到来。

天天，真心实意地盼，满怀急切地盼！

二

我盼望下雪，是因为我喜欢满天飘雪、飞雪连天的景象。雪花，纷纷扬扬，漫天飞舞，有如天女散花。早就烂熟元代吴澄的《咏雪》诗，也无数次在无雪的暗夜记诵那些意象生动的诗句："风竹婆娑银凤舞，云松偃蹇玉龙寒。不知天上谁横笛，吹落琼花满世界"。如果说一片雪花就像是一个音符，一片雪花就像是一个音节，那么，千千万万朵雪花潇潇洒洒，翩翩而下，就像是一曲曲美妙绝伦的乐章，舒缓地、轻柔地在人世大地荡漾，也深深地铭刻在心。

我曾经在西北一个小城客居期间，真切地感受了一把北方大雪的风格。"北风卷地百草折，胡天八月即飞雪。"在这样的时候，"天空飘着雪花"的说法可不准确。因为首先，这时天空的位置不再是明确无误的，苍茫大地是灰蒙蒙的，一片混沌世界，这样您的视线就是极有限的。同时，雪的驾到方式也特别，既不是"飘"来的，也不是从天而降的。那雪，真像是一个个鲁莽的汉子，不辨东南西北，不问青红皂白，不讲方式方法，兴冲冲、急吼吼、乱乎乎，扑打得门窗一阵子乱响，然后不由分说地钻进门缝，直扑向你的身子，扑向你的脸颊，令你一时惊慌失措，毫无招架之力。可以想见，与此同时，雪还会扑向这世界的其他任何一个角落。

雪，这是雪，这是地道北方的雪，这是倾其所有的雪，这是慷慨激昂的雪，具有天寒地冻的北国飞雪所专有的气质，它直接、它粗狂、它豪爽，能叫人一见之下便终生难忘。我还想象，贝加尔湖畔，陪伴苏武牧羊十九年的苍茫夜雪，应该是这种模样；山神庙外，送别林教头上梁山的疾风劲雪，应该就是这种模样；威虎山上，劈面迎候杨子荣的皑皑飞雪，应该也是这种模样。

不过，相形之下，我还是更钟爱江南的雪一些。烟雨江南，一方热土，温暖湿润，“天街小雨润如酥”，“多少楼台烟雨中”，至于雪，本来就要稀罕一些，总不轻易出场，属于闭月羞花，偶露真容，所以更弥足珍贵，所以让人欢呼雀跃。更何况，南方的雪，雪花飘飘洒洒飞落，温温柔柔拂面，安安静静积聚，一夜间覆盖了大地，廓清了空气，清清爽爽，安安静静，一如南方的人……

三

我盼望下雪，是因为我喜欢雪落无声的意境。最在乎雪有时会以一种谦逊的姿态突然空降人间，给世人一个极大的惊喜。每每想到这样的情形，我就激动不已：本来，自入冬以后，虽然人们天天盼着下雪，然而天气预报却总是令人丧气地预报出天阴如昨的消息。事实上，天气委实有些阴冷，风有些大，但天空大体上还是晴朗的，看上去也是十分安详的，似乎确无下雪的迹象，无奈本来已让冬天激得老高的盼雪的期望，只好暗自渐渐平静下来。偏偏是在这样的时候，一夜之间，酣睡初醒，全然不察觉，鹅毛大雪竟飘然而至，给晨起的人们一个冷不防，一个大意外，一个好心情。是的，不设防的惊喜才是真的“惊”，不设防的惊喜也才够得上“喜出望外”。

雪落山野，满目纯白，极具江南标志性的灰桥、黛瓦等，连同只有南方才始终坚持贡献一点绿色的树木，反倒成了这白色王国里的点缀，这样的情景，总令我想起国画作品里的留白手法。王摩诘画山不见云，而喜欢留出大片空白，给人以遐想的空间。我于是常想，那留白部分最有可能会是什么呢？片片轻云有可能，阵阵弱水有可能，但更大的可能，是雪，皑皑白雪。与西洋画比起来，国画手法很简洁，而意韵却一样丰厚。每当雪至，大雪悄无声息地、不留情面地，将大地覆盖住了，五色杂陈的世界只剩下黑白两色，山川大地便成了一幅落笔简约的巨幅国画。环境纯粹了许多，那些消失的事物，如同人的杂念，在雪的作用下，荡然无存。剔除了杂念，人的心灵也就跟着纯粹了许多。

所以，每当飞雪降临的时候，我心中总是充盈着几分欢愉和难言的轻松。其时你恰好在山中驻足下榻，那感觉就更好。一夜心静，黎明于客舍栈房醒来，心中不禁纳罕天缘何亮得这般早，及至推窗外观或披衣行至院中，才惊见大雪竟已厚积没足。吹了一夜的北风不知何时戛然而止，空气清爽有如琼浆，安静更如熟睡少女。

当然，偶尔也会有这样的情形，那就是沉沉黑夜旁人完全感觉不到雪的光临：晨光熹微，一觉醒来，大地如旧，没有任何迹象表明，昨夜曾飘雪。可是你心里明白，心里得意得很，即便不去与人较真儿，内心仍充满了满足，因为你确认昨夜是下过雪的，尽管并不大，也不密，没有能够改变大地的半点面貌，但是你听到了飞雪的声音，感觉到了天使的问候，那是你在深夜里独自甜蜜的享受。

四

我盼望下雪，是因为我喜欢冬日静夜，正可以伴雪读书的境界。这样的心境里，雪当然不宜下得太紧迫，纷纷扬扬，舒缓最好。行在街上，你会被雪迷住的，透过暗夜街灯的光芒，你顿然发觉，雪下得极有风姿，极其沉稳，像大自然的精灵，怡然蹁跹舞动。若雪下得过于疏淡，过于轻率，那么也会扫人兴的，因为少景致可看，少情意可赏。所以雪要下得有分寸，有品位，有节奏，要飘飘洒洒，从从容容，大大方方，让你不能不专注于、钦服于它的美丽，又不去过多在乎它的外在形式。这时，无论你身处何地，都会觉得自己是一个完全放松的人，一个心清气爽的人。

"红泥小火炉，绿蚁新醅酒。"天气尽管寒冷，即便独居一隅，然而拥衾而卧，对着一窗飞雪，思绪就会在飞雪世界的情调中暖暖地张扬开来。此刻，一片静谧，一点天籁，夹一缕灯光和十二分的灵思，与屋外飞雪浑然天成，融为一体。一种回归自然的心情，一下子让你浸透至涌泉，叫你身心坦然，灵府空旷，当然不会再呆滞和困窘。在这种纯净安宁的读书气场里，在清幽透彻的灯光中，悄悄翻动片片书页，伴随一个个跳跃的文字，你会深深体会到读书的韵味。

雪，正是飘舞连天的飞雪，完全激活了这一切。

依我的感受，冬夜伴雪读书，最好读的是诗歌或散文，而不是小说故事，尤其是长篇小说。理由很简单，因为如果你读的小说，恰巧精彩入胜，令你情不自禁地进入情境之中，而忘却窗外飞雪，这岂不大大可惜？当然，优秀的散文诗歌也易让人着迷，只是其相对短小的篇幅决定了相对偏小的概率。“千山鸟飞绝，万径人踪灭。孤舟蓑笠翁，独钓寒江雪。”在这样的雪天，读这样的咏雪诗，穿越时空，以此时此地的自己心境，体会彼时彼地别人的思绪，如能有所相通，有所彻悟，那是何等的快事……

五

雪临大地，纵然会带来一点点出行的不便，但是，谁会过多地抱怨雪呢？雪落无声，其实有声，那是天音，雪落有形，装点大地。而天与地，莫不都是我们队伍里的一员！

仿佛世间所有的美好都失之短暂，每一场雪都最终会化去，而且会化得不着一点痕迹。但是，正是因为洁白、纯洁的雪能给纷繁的俗世、尘封的心灵带来些许触动，让我们或多或少地有些享受，有些感动，有些领悟，我才年复一年地、真切地、真诚地盼望它的光临！

相信，过不了多久，一定会再度归来的，飞雪连天的意境！

中年读童话的况味

简单的童话故事在丰富的阅历面前，常常会呈现出难以预料的寓言性。简洁的童话句子，又总能饱含和引发关乎人生的无限感触。

——题记

一

前些日，我在一个极偶然的情形下，不经意间看到一本童话书。随手翻读，粗粗品味，慢慢读出了点味道，竟然放不下手了。

这本童话书名叫《当世界年纪还小的时候》，作者是德国作家于尔克·舒比格（湖北少年儿童出版社 2006 年版）。这本书篇幅不长，五万字左右，即使加上许多精致的插图，也只是薄薄的一册而已，拿在手中阅读，非常方便。

书中的多数童话故事，皆在百字上下，文字够得上干净清爽，充盈着美丽的灵感，堪称短小精悍的好作品，特别符合少年儿童的阅读习惯和直观思维需求。每一则童话故事的主人公是大家熟知，尤其小朋友们喜闻乐见的动植物，比如老虎、狮子和南瓜、萝卜等。当然偶尔也会有魔法师、小巨人和死神等的人世间怪物显身。基本就是这些平常的小家伙作为主角,陆续登场表现,演绎了一个个生动、有趣的故事。与寻常的童话作家相比,舒比格的高明之处在于,所有这些让人惊喜的充满童话色彩的故事发生,都不会让你提前猜到故事结局的。你必须耐心阅读,才能最终知晓结果,从而收到意料之外的会心、会意的快感,并止不住还要回味故事的意味,以及故事以外的一些事情。百来字的短文,还能有悬念,有起承转合,算得上本书独特的妙处。

且看这么一则:

> 从前,有一个印第安人,可以听到小草生长的声音。他只需将耳朵贴在地面上就可以了。他听到的不是沙沙声,不是嗞嗞声,也不是轰隆声,而是完全不同的声音。这种声音听起来就像是有人在轻轻挠自己的耳朵,但又不完全像。每次听到这种声音,他就会笑着站起来,对他的同伴说:小草在生长呢!但是他常常得不到回答,因为印第安人很沉默。

区区不过百字,却包含了生物学的基础知识,也暗藏有其他你未必明白的知识点,这就是所谓寓教于乐的功能。而且,您看它营造的故事气氛,又是多么的平和温煦!

再看一则:

> 洋葱、萝卜和西红柿,不相信世界上有南瓜这种东西,它们认为那是一种空想。南瓜不说话,默默地成长着。

这则童话更短更绝！居然就是这么两句话，让人不敢相信，可事实上它就是这么两句，我已全文照抄。初次阅读，还以为刚开了个头呢。好在其如此短小，就无妨多读几遍。读着读着，就渐渐看出点意思来了：洋葱、萝卜和西红柿这三样，其共同特征是个头大小相似。放在一起，你看看我，我看看你，觉得彼此半斤对八两，谁也不比谁弱，却谁也强不到哪里去。久而久之，这几位的思维形成定势，以为世界上所有的事物就应该这么点体量，不相信还会有比它们个头更大的东西了。南瓜的态度呢？倒是很有趣，很有见地。遇到误解，它心内不委屈、与己不赌气、对外不申辩，自由地存在，认真地生活，健康地成长。事实胜于雄辩嘛！况且，来日方长，何必争一日之长短呢？有风度吧？再深想下去，这何尝不是浮世间一个人做人的道理呢？我想，其实人人都可以以此故事来比照一下的：一事当前，尤其是有意无意出现的显现长短高低的情形时，自己是那几位自以为是的萝卜、洋葱和西红柿呢？还是那个既有主见又有涵养的南瓜？颇有讲究呢！

我想我会牢牢记住这个童话故事的。

这真是一本有点意思的书，一本让人打心底里喜欢的书，一本读了让人心灵稍稍可以干净一些的书。评论家刘绪源先生明显和我一样喜欢它，他为这本书作序，题目干脆叫《喜欢得没法说》："一直认为，能让成人和儿童都喜欢的，才是理想的儿童文学。要做到这一点很难，老实说，安徒生也不是每篇都能做到，而这本书在这一点上堪称典范。"刘先生这话说得好肯定、好生动，表明言者对这本童话不是一般的喜欢，而是十分的偏爱了。

二

老实说我读童话不多,所以无从知道,原本面向少年儿童的童话,是否也如其他文体一样,存在如钱钟书老先生曾经担心的“会把人教坏”的童话,不适宜儿童阅读。我估计可能也会有,芳草地里夹杂几根毒草,并不足为奇。但我依然可以从这本书的偶然阅读里,得到一个很大的启发:读童话,真不应该是少年儿童的专有,实则童话根本就不单单是为孩子们写的呀!记得似乎是作家陈丹燕说过这样的话:“一个人如果一生都阅读童话,那么,他会渐渐持有对童话的信仰。而一个人要是在中年,甚至老年以后还有机会重读童话,本身就是幸福。”我认为这是很有道理的见解,因为在我看来,在所有文学样式中,童话堪称最为纯美的一种。一则则翔实精悍的童话,它们的情节与手法不一,但所编织和营造的世界,却指向一致,充满了真善美,弥漫着温暖和诗意。对于一个儿童来说,童话总是最直接、最牢固地在一个人尚显幼小的心灵深处,播撒人生理想世界的种子。对于一个成人来说,随着年龄的增长,日益丰富的生活阅历称得上一种财富,除非一个人甘于平庸或者虚度人生,这个时候,童话所展现的清朗世界最容易得到共鸣。当然,童话并不直接表现世道人心,但如果你放低身段,降低视线,学会以童真的视角去观察世界,那就定然会有与成人世界完全不一样的关于世道人心的感受。人到中年,尤其老年,无论他的生活境况如何,一般都已锻炼出了一颗安适、坚硬的心,而欲让他们心灰意冷的内心重新柔软活跃起来,十分不易。也许唯有童话,才有可能帮助做到这一点。

说到这个节点，就不能不提及被誉为“世界文苑的一朵奇葩”的《一千零一夜》。几乎每个人的心目中，都有自己的“一千零一夜”。阿里巴巴与四十大盗、渔夫与魔鬼、阿拉丁神灯、航海家辛巴达、国王和四色鱼的故事……一个故事连着一个故事，一个悬念接着一个悬念，大故事套小故事，盘根错节，奇幻诡异，高潮不断。

如果你有了相当的阅历，再细读《一千零一夜》，你就会感悟到，这些看似寻常的故事，绝不只是童话那么简单，它的每个故事都渗透了人性的光辉与幽暗，对后世文学、艺术领域的影响，远远超出我们的想象。因此，伏尔泰、高尔基、帕慕克、叶圣陶等中外文学大师，对它的思想性和艺术性都赞不绝口。

三

读童话竟有这样的人生况味，是我人到中年后的一种全新的体验。回想我的童年时代，是难以读到童话的，更绝无可能读到来自国外的童话书籍的。因为读不到童话，也就无从感知童话的诸多美妙之处，当然也不可能滋生那种阅读的急切愿望。记忆里关于童话的全部内容似乎只有一次耳闻经历，是一则伊索寓言（就启蒙的意义而言，且归为同类吧）。忘了具体场景，只隐隐还记得，我的语文老师那天很高兴，随意就与我说了一个故事。说有那么一只母鸡，安分守己，每天生一个蛋，三百六十五天从不落下。可是它的主人还不满足，某天突发奇想，把鸡的饲料增加一倍，指望它能每天生两个蛋。结果事与愿违，母鸡不仅没有每天多生一个蛋,反而一个也不生了。因为,母鸡让富余的饲料喂得太肥了。我那时刚就读初中,也无关于寓言与童话异同的知识,故而听过便如风过耳,未去细想其中的世事人情,也就错过了早早领会寓言中蕴含丰富意味的机会。

及至时代变迁、文艺解放,童话作品大量解禁、出版时,我却早已过了读童话的最佳年龄。这不能不说是一种莫大的遗憾!对于人生而言,每个年龄段自有其各自不同的生理特点和心理特征,相应也就有各自对应的阅读兴趣和读物。我常常想,假如一个人在正当其时的年龄段缺失了这种阅读,会给他带来怎样的负面影响呢?我一时无法概述清楚,甚至很难稍加形容,不过我有把握认定,这种不利影响是绝对存在的,而且是潜移默化、天长日久地渐渐起作用的。技(技能)到用时方恨少!成年工作以后,每每有绞尽脑汁写文章或者笨嘴笨舌发言的情况,在恨自己才疏学浅的同时,会不由自主地联想到童年时代缺失了阅读童话的经历,多少造成了自己知识面狭窄、想象力不丰富的毛病。至于对个人个性气质和人文修养的培养缺失,更是难以估量。只是这一切,不知道怪谁才好!

现在看来,谁也别怪了,怪谁也没用。人到中年,补上童年时缺失的这一课,趁着还有阅读的兴趣和精力,趁着生活阅历增加与悟性的提高,找些语言浑然天成、大朴不雕,节奏明快的优秀童话来读读,并且展开一下想象的翅膀,或许也是值得推崇的一种选择!相信这种心灵与精神的愉悦,对于童年时代阅读的贫乏,应该是一种美丽温暖的补偿,更是一种美好温馨的慰藉。

好!那咱就不犹豫了。

要看看菱角和竹子

居住在浙江省莫干山麓大山深处的村民们，已经记不得哪年开始，他们祖祖辈辈赖以寄居，近些年又因其后辈走出大山而渐渐空巢破败的山间土屋，一夜之间变得紧俏了起来。先是三三两两来了一些外国人，租用他们的民房，加以巧妙改造，变成一个个舒适的生态民宿“洋家乐”，继而是更多的上海、杭州以及本地人投资建设，令整个地区的民宿蔚为大观起来。然后每逢周末，成群的“老外”和城市白领，相约相携，自城里蜂拥而至。关掉手机，远离网络，或疯玩或发呆，轻松自在两天，又呼啸而去，迎来新一周的忙碌工作。这种现象，几乎成了山里的一种常态。

不过是一个寻常周末，我和几位作家朋友相伴而行，完成了一次心仪已久的乡村之旅。

走进深山，满目苍翠，但见一栋栋农家小楼掩映在高坡幽谷间，楼层均不过三两层，甚至有不少是平房，其貌不扬。村路依旧很窄，屋前的人行道也不宽，有些地段只能走在沿街人家的台阶甚至门槛上，一旦有汽车驶过，你还得忙不迭地靠边让路。山村弥漫着一种说不清、道不明的独有的乡村悠闲气息，居民神闲气定，优游自在。农舍外貌寻常，似乎都懒得精心梳妆，简朴粗陋中透出一丝自然淡定，有点大巧若拙的意味。偶有白色的房墙涂上一点浅红蓝、鲜黄色，像疏放的画家不经意间用色块抹成的鲜亮油画，与这原生态的自然环境有着别致的和谐。这也与我们在各地司空见惯了的，那些钢筋水泥铸就的所谓农村新洋房有了明显的区别，显得比较另类，却有了新的面貌、新的气质。走马外观已是心情大好，待到走进一家家土屋，更发觉其布局之妙，用材之巧，远胜于那些个的所谓豪华别墅：农家老屋拆下来的木头被锯开做成了长条桌，一段段的老木头拼装而成客房的房门，粗大树墩稍加整修做成了圆桌，农家常见的土罐成了烟灰缸，猪食石槽变成洗脸池，垃圾桶用竹子编制而成，灯罩则用树枝包裹，卧室里晃荡晃荡慢慢转动的是木质大吊扇……

安安静静地置身土屋中，实在是全身心的一种享受，一种怦然心动，急欲向人倾诉与分享的冲动。我知道，这是因了农舍的朴素大美和纯粹而陶醉，应该也是为某种难于形容的亲切感而深深感动，但似乎还不限于此。这是怎么回事呢？曾经在世人眼里因为陈旧、不够时尚现代，而令我们不屑，急欲丢弃而后快的一些东西，在“老外”和城市白领眼里成了宝贝，是谁的观念有偏差？我们到底应该追求什么样的生活品质与方式？曾经放松舒适的、如溪水般缓缓流淌的日子，一去不复返了吗？

对于我们这一代人来说，大山里的村落环境和气场，并不陌生，不过就是如观赏老纪录片般的时空转换，把我们拉回到了有田野可以奔跑、有繁星可以细数的童年时代。我相信，这种童真与幸福，恰是我们这一代人的集体记忆，曾经那样真切地陪伴着我们成长，经过岁月的积淀，成为我们面对一个个生存难题的精神支撑。曾经和小伙伴们嬉戏玩耍的村口遮天蔽日的大树，被岁月打磨得铿锃发亮的铺满青石板的街巷等，所有这些能够承载我们甜美回忆细节的日常生活物品、公共活动场所、传统民居建筑和旧时景物等物质要素与风貌景观，以及村规民约、传统习俗、传统技艺等，它们已然成为我们的一种精神财富，是我们的精神家园，在越来越浮躁的滚滚红尘中，于迷茫昏睡时，常常能够不经意间惊醒我们，甚至弄痛我们，提醒我们生命的意义和人生的正确方向。

置身此景，很容易让人想到遥远的英伦三岛，那块土地上的人们对于乡村的特殊情感。英国历史上，曾经有着长达三百多年的圈地运动，以及随之而来的工业革命对乡村的大幅度破坏，和对农民的尊严的无情剥夺。从十六世纪起，英国乡村开始以牧业代替农耕，迫使大批佃农离开世世代代耕作的土地，背井离乡，到城市艰辛谋生，历几个世纪不绝。因此，对乡村生活、对田园风光、对耕作技艺的热爱和描述，在十八世纪后的英国浪漫主义文学艺术作品里，几乎代替了爱情而成为文学艺术的主题。从莎士比亚到勃朗特三姐妹，从罗塞蒂到透纳，英国的艺术家在英国文学作品，以及美术等的作品中，总是能够将乡村情结表现得淋漓尽致。《简·爱》《傲慢与偏见》这样的文学著作里，安恬闲适的下午茶、紧张刺激的狩猎、衣着华贵的晚宴、灯火通明的舞会——比比皆是，都是随处可见的英国乡村生活。

乡村生活为什么如此可爱而难得？显而易见的是，乡村具有城市所不具备的田野风光，以及由此带来的自由生活空间。现代人如蚁结穴，蜂拥于城市，充斥眼球和赖以栖身的是高楼大厦。空间逼仄，心胸会因之憋屈，宽广清新美丽的乡村田野自然就是城市人的向往,能到风景优美的乡村度假,顺理成章就是城里人的所爱。除了宜人的景色,我还确信,英国人喜欢乡村还另有深意,那就是乡村生活所赋予人们的弥足珍贵的自由与尊严。从十九世纪中期开始,英国人在抗议工业革命给他们的家园带来破坏的同时,也拼命争取他们享受自然的权利,其中包括在私家田地上耕作、休憩的权利。因为英国工业革命之初的城市对他们来说就是炼狱,在那里,人们得不到体面的职业和相应的收入,甚至因为得不到基本的生活保障而得不到应有的尊重。这不能不让他们怀念生活在乡村中自在而有尊严的日子。从工业革命后期开始,英国人更坚信乡村是肮脏城市的避难所,自然是烦嚣世界的伊甸园,由此开始了他们举世闻名、备受推崇的每年到乡村定期度假的绅士生活习俗。

您是否认同:有那么一种旅行,不是为了抵达,而是放下,是身心的度假,是为了在一个新的时间和地点出发!从这个意义上说,莫干山麓间的民宿,是把安放生活情怀之掌,伸在了现代人的最痒处。对于大山,我们与山村里出走了又返回的年轻人一样,亦是归客。“梦里不知身是客”,对于漂泊者而言,家园是否陈旧无关紧要,只要存在就行,因为那是让人一想起,内心就充满千般柔情万般思念的地方,即使远走天涯,人们依然需要在心底保持与此地区的一种紧密的联结,假若哪一天这种联结被生生切断,或者那些记忆被强硬封存,那就很可能令我们无比失落。故乡,一定在我们内心深处面目全非,与我们形同陌路,令我们形同流浪儿,这是很可能发生的悲剧。我还更相信,那种叫作乡愁的东西是渗透在血脉里,植入骨髓里的,不然,那些极普通甚至再偏僻不过的地方，怎么叫人生出如此深刻强烈、难以抗拒的怀念与感伤？故乡的荣辱牵挂着我们的一生，人类也总有永葆青春的梦想。

这么一路想来，不由自主地心生一丝惆怅。

看到过一则新闻：东瀛岛国冲绳有一个叫“大宜味”的乡村，闻名世界。纷至沓来的人们原本为探究长寿秘密而来，到达目的地后却意外地被村落、田园、海天的自然之美，深深地打动。你也许想不到，这里地处日本列岛最南端，就经济而言是日本最贫穷的地方，却也因远离日本本土，成为一片未受到现代化工业污染的净土。原始清新的环境，让这里成为天然的养生馆。而且，大宜味的人们食清淡，勤走动，谦和有礼，心情平静愉快，适当劳作，而不过度操劳。异国桃花源般的大宜味故事，值得我们好好品味一下。

名诗《人，诗意地栖息》的作者，我喜爱的十八世纪德国古典浪漫派诗人荷尔德林曾经说过：“假如大师使你们恐惧，（那就）向伟大的自然请求忠告。”自然在哪里？其实自然就在前方不远处，就在我们的身边。自然是什么？不过是那些郁郁葱葱的原始森林，是那些芳草萋萋的青青原野，是我们司空见惯、不以为奇的破旧田舍、简易农具、袅袅炊烟，自然也能闻得到青草气、牛粪味，是日起日落云卷云舒的平淡岁月。

离别乡村，朋友们意犹未尽。足下之旅已然结束，心中怀旧之旅，杳无尽期。千万里，如何能够寻觅回迷失的精神家园？

不禁想起来闻一多先生的诗句《故乡》：

你到底,到底为什么要回家去?
我要看那的菱角还长有几根刺,
我家后院里可还有开花的竹子?

给“员外”请安了

一

生活中有些机缘，是不期而至的，没什么道理好讲。这么说，倒不是唯心而论，而是因为“生活比想象还精彩”。

我是很偶然浏览《南方周末》的一篇文章时，得到我一位多年未见的朋友的信息。因曾经读过太多无聊文人杜撰的人物八卦故事，我通常对报纸上的趣闻轶事版面内容并不上心，即使是面对这张我眼中办得不俗的报纸。谁料于一目十行中，注意力被“苏烈”二字吸引，再也不愿移开。

这是一篇回忆录，介绍某位曾经在政坛叱咤风云，后又黯然下场的李姓将军的风采。其中，以李将军的喜酒善饮来反映其豪爽耿直性格。在将军的酒席中，苏烈潇洒登场：

> 苏烈，原一一五师警卫员，山东人，好酒，常为李××将军座上宾。苏烈告余，李××酒瘾大，酒量也大。抗日战争胜利后的某日，李酒瘾发作，与苏烈四处寻酒，不得。其时，李夫人董××为卫生所所长，李嘱其取酒精，掺水两碗，与苏烈一人一碗，尽饮之。李饮后即参加会议，而苏烈则大醉，睡

一天。①

我想告诉您的是，那起先潇洒登场，最后狼狈退场，输给酒仙李将军的大神"苏烈"，正是本文要详述的主人公，是我有幸结识的忘年交！

二

在如何交朋友和交怎样的朋友问题上，虽非刻意而为，但我自觉还是有一点原则和底线的。概括起来，主要是两条：真诚和有益。真诚地对待确可视为朋友的人，也似乎比较在意能否得到对方真诚的回报（这一点容易让人视作格局不够大，但确是我的真心话）。有益，即希望所交的朋友能对自己有所帮助。这后一个目的听起来有些功利性，特别容易与物质因素挂上钩。但平心而论，我并不想完全否认这一点，因为作为一介平民，即便是在日

---

① 李××好酒，有酒必喝，喝酒必醉。若无酒，骂人更甚。故部队若缴获酒，必先送李。1946 年夏，东野部队由四平败退至吉林舒兰。部队刚宿营，李××即与苏静、何敬之等人摆酒豪饮。元帅见之，大怒，曰："现在什么时候，你们还在醉生梦死！"曰："部队搞得乱七八糟，你们也不心急！"曰："电台还没架线，你们也不管！"言罢奋臂掀翻酒桌。李××告余，自此元帅与他不和。不久，李被调离总部，担命一纵副司令兼参谋长，刘亚楼因此"横空出世"。

苏烈，原一一五师警卫员，山东人，好酒，常为李××将军座上宾。苏烈告余，李××酒瘾大，酒量也大。抗日战争胜利后某日，李酒瘾发作，与苏烈四处寻酒，不得。其时，李夫人董××为卫生所所长，李嘱其取酒精，掺水两碗，与苏烈一人一碗，尽饮之。李饮后即参加会议，而苏烈则大醉，睡一天。

——《独眼李××》（作者：吴东峰 2009-01-13《南方周末》）

常生活中，我也常有孤独无助的时候，而且我指的“有益”的本意或立足点，还在于更多物质因素以外的考虑，譬如说有益于我有限见识的增加和疲惫身心的愉悦等等。

基于这两条，经年累月中，我结交的朋友虽然不多但范围广，且年龄跨度极大。在这里，我愿意介绍其中最年长最特殊的一位给诸位。年长是因为我的这位朋友已年过耄耋，与我自然算忘年交，特别是因为他的人生经历、性情风格、生活方式及与我的相识、会面过程，均难用“平常”两字形容。

当然，您已知道，我说的还是苏烈老先生。

三

二十世纪八十年代中期，我正在南国羊城的一所师范大学中文系就学。某个春日，有着“师陶园”美称的青青校园里，忽然贴出一张海报，称著名杂文作家苏烈先生（笔名老烈）将来校开文学讲座，这消息令我惊喜不已。那真是个坚冰融化、万物复苏的年代，人们对于包括文学艺术在内的一切美好事物的追求，都达到如饥似渴的狂热程度，大学校园更是得风气之先，人人堪称文学青年，个个都做着作家梦。那时我也是十分痴迷于文学创作，偶有文字变为铅字，令我的虚荣心得到很大满足，但终究还只是个站在门外的文学爱好者，对于“老烈”这个名字，称如雷贯耳并不为过，能亲耳聆听他的讲座实在激动！

我是那天听老烈先生讲座的几十位学生中的一个。说实话，于今天回忆，关于老烈讲座的主题、题目等我都已记不太确，应该不外乎关于文学创作方面的自由发挥，但讲座中强调的“因为文学是人学，所以不关注人的命运的文学是伪文学”“文学不能无病呻吟”这样的语言，于当时整天冥思苦想创作的我，有振聋发聩之效，日后我彻底放弃了做小说家之梦，而专攻于杂文、随笔创作，很难说清楚是不是自那一天始深受影响，或者说是听了这一席话而开始发端的。另外，老烈先生虽然胡子拉碴，满脸皱纹，一副不修边幅的样子，却是台风沉稳，语态友好，风趣幽默，比我预想中那咄咄逼人的杂文家形象要和善得多。

讲座结束，满屋的人一哄而散。谁知竟有这样巧，在拥挤着走出教室下楼梯的人流中，老烈恰好与我并行走在一起。我似乎是鼓起勇气问了他一个问题。老烈当即在楼梯上停住了脚，侧过身来，正视我，简洁认真地回答了我，说完还很认真地看了看我，他说：年轻学子，你很有意思，可否有空来我家一叙？并当即口述了他家的地址和电话号码，令我十分意外。此刻我在写作此文时，拼命地回忆当时究竟问了个什么问题，令老烈如此在意，得老烈如此厚爱，却终究想不起来，只有恨岁月无情，当然由此也足见，当时请教的这个问题实在也是即兴而为，懵懵懂懂，并非少年蓄谋！

我与老烈的忘年交经历自此便开始了。其后的某个周日，我终于鼓起勇气，冒昧地造访了老烈位于羊城东山区某院落五楼的家。粗大的木棉树横在路间，木棉花开如一把巨伞遮蔽了那个狭窄的小弄，炫目而雅致。相形之下，老烈的家稍显逼仄简陋，但整洁无比，阳台上、茶几上都盛开着三角梅，点缀了他这屋子的生气。没料到此行同时观赏到我最喜爱的两种南国植物，令我格外开心和放松。老烈在他的客厅里陪我坐了近两个小时,其间,除来了一中年女作家做客,兴致高昂、旁若无人地与老烈大谈戈尔巴乔夫的“新思维”理论外(其实,老烈实际上也和我一样,当的是听众的角色),大部分时间我们都在谈着两个不同的却有联系的话题:其一,是关于我的家乡和鲁迅先生;其二,是讨论何为文学的创作之本意,也就是我们为什么还要文学。老烈先生对我千里迢迢考到岭南读书很感兴趣,一方面,他再三表明对于拥有孟郊、秋瑾,特别是拥有鲁迅的浙江丰厚的传统文化的敬仰;另一方面,老烈对改革开放初期,沿海发达地区伴随着经济的开放搞活、发展活跃,社会道德却普遍有所沦丧、居住环境日渐恶劣的态势深感悲哀,深为痛彻。其言恳切、其情至真,令我这个后辈不仅深为震动,甚至于神情也为之肃穆。我能想象在那个阳光明媚,窗外芳草萋萋的初夏里,在两代人间谈论(准确说主讲与主听)这样一个沉重的话题,会令我这个年轻学生呈现怎样一种既虚幻又神圣的神情。事后一再反思,老烈先生实在是抬举我,作为晚辈,为知识结构与社会阅历所限,我其实是很不擅这种厚重话题的收放来回的。

应该是我的缘故,自那次会面以后,我们不复有面谈的机会,而只进行着信件的交流沟通,尤其是我学成毕业回到家乡工作以后,通信,成了我们唯一的交流方式。那个拯救道德沦丧、品质恶劣的社会环境的话题,仍是我们讨论的内容,并日趋形成共识:经济的发展、社会的进步,是否一定要以道德的沦丧、品质的恶劣为必要的代价呢?也许未必!这主要取决于或相当程度地取决于:由一个个单个人的良知所构成的社会的主流道德力量是否存在，是否足够强大？在我们这个经济快速发展、处于转型期的社会，良知不仅不可缺少，而且是太过于重要了——即便是在冰冷无情的市场经济中，不也要严格遵守诸如“诚信”这样一些原则吗？当然，相对于一个社会的整体而言，单个人的良知的培育、呵护，尤其是良知的表现，特别艰难、特别重要，因而也特别弥足珍贵！因为，良知在很多时候是尴尬的，在很多人的价值观里，与人的安全、生命相比，后者显得更为迫切，更为重要。有时，当我们一事当前，不得不在“保持良知”和“保全自己”二者中做出非此即彼的唯一选择，甚至意味着要与整个社会抗衡时，良知便容易处于两难境地。良知同时又是脆弱的，因为一个“人人爱我我爱人人”的社会固然崇高，令人神往，这却是乌托邦式的理想社会，是实难出现的虚妄。良知能识别却无法抵御人间的所有丑恶，它的责任或使命便只能是考验着良知者的耐心和态度，唯此而已。

作为忘年交也堪称良师的老烈先生，他的高明之处和可贵之点在于：他不仅鼓励晚辈在自己内心里努力完善并坚守完整的良知外，同时又提醒我要胸襟宽广，有大格局，如海纳百川般，直面全社会良知的不健全，容忍并体谅他人的哪怕一星半点的不够健全的道德世界。

这令我一直有些感动！

四

我曾经反复考虑一个问题，老烈那独到深刻的思想见解，那胜人一筹的思维方式，以及犀利轻松的文笔修养由何而来？一定与他不平凡的人生经历，有着相当紧密、重大的联系。如是，那么老烈先生的经历，木身就是一笔财富，当然也具有研究的价值。多年的鸿雁交往，随着我对老烈先生了解的不断深入，我的这一想法不仅没有消去，反而越加强烈起来。

老烈的人生，几乎就是中华人民共和国从成长到壮大，其间历经挫折，又坚韧不拔的发展历程的一个缩影，或者更准确地说，他一个人的历史，直接或间接地反映了当代中国的发展变迁的某些层面，虽然老烈已渐老，中华人民共和国仍年轻。这么说并不夸张，虽说人海茫茫，我真觉得像老烈这样的人实在是不多的。他原籍辽宁，家境贫寒，在那个温饱都困难的年代，又凤毛麟角地读到初中，二十岁左右参加八路军，担任武工队侦察员，在河北一带与“小兵张嘎”们并肩作战；迎来中华人民共和国的成立后，又随军南下到广东工作，后脱下军装，拿起笔杆，在社科理论战线一展身手。到晚年又出人意料地策马转向戏曲研究，成为京剧发烧友，还写出京剧鉴赏专著《霓裳曲》，启功先生为其题书名，马得先生作画，于光远先生作序，很是了不得。幸得他寄赠的这册书，我珍爱不已。

我真不知该怎么评价他才好，有如此独特经历的人，当然寥若晨星，未知全中国是否还有第二个？

作为一名文学与生活的青年爱好者，我曾经很羡慕老烈有如此丰富、复杂的人生经历，当年见面曾公开表露，老烈听后朗朗一笑，继而又幽幽地说：经历于人是一种财富不假，但要看是对什么人而言？要看你是否懂得生活、热爱人生？这话又令我琢磨了许久。

作为杂文家的老烈同时又实在诙谐幽默不已。我至今珍藏着他赠送的一张名片,正面有黄永玉先生给他素描的“老烈员外”肖像,形神兼备,栩栩如生,令人过目难忘。

老烈先生朋友众多,结交甚广,且不拘小节。哪儿有老烈,哪儿的气氛就活跃,哪儿的人们就过得开心,故而始终是个极受欢迎的人物。于光远先生对此有绝妙评价:“能使人们开心的人,是很可爱的。我认为单凭这一点,就应该给这样的人颁发奖章,挂在胸前。社会主义的目的,不就是要使人们过得愉快吗?”

五

冬去春来,时光如水。忽一日初秋早晨,天高云淡,收到老烈先生寄赠新书《赋闲》一册,并附一信如示:

林华兄:

羊年开笔大吉!奉小书一本,倘能博你一笑,那我就喜出望外了。老了,八十又三,还能做什么!承蒙欧阳中石题字,黄永玉作画,方成插图,无任感激。广东旅游出版社出书不要钱,功德无量。

还是有一些错字,小心硌牙。

现在的前卫诗文,我已看不懂,只得退避三舍,关上门发思古之幽情。

去年五月以来,七进七出医院,第八次将只进不出。

敬礼！握手！再见？

八二顽童[1]老烈

三拜

我当天即毫不犹豫地回信一封，正告老烈员外：不爱听什么“七进七出医院，第八次将只进不出”这样的话，因为我这个后生真被您吓着了！更因为我们间的忘年交朋友关系，绝对不允这么着就轻易画上休止符，还得长久坚持呢！敬礼！握手！

“再见？”（请留神，老先生在这里用的是一个问号。）

当然！岂能不见？

六

而今屈指算来，收到这封友情满满、趣味无穷的来信，已有十年余。在这十多个春秋轮回岁月中，我其实是常想着与老烈联系的，但是因了他“只进不出”这样的狠话，我到底心生顾忌，越到后来，越是胆怯，生怕风云不测。前些时，想到从广东作家网上搜查老烈先生的信息，竟无果，极为惆怅。

明月千里寄牵挂，遥望迢迢南国。晚辈在吴越江南，唯一能做的，只有简单地却由衷地重复：

——给“员外”请安了！

① 原文如此，疑为“八三”笔误。

为什么你要爱你的寂寞

一

“笔会”是上海《文汇报》享誉半个多世纪的副刊品牌，几年前，报社将“笔会”六十年作品精华，结集两册出版。其中一册为“青春版”，编者特地声明“这既是笔会六十年里所发表的上好作品，又是最合乎年轻读者需要的上好作品”，书名取为《你要爱你的寂寞》（文汇出版社 2006 年版）。周末整理书架，一眼被这个书名所吸引，取下书，隔数年后又重读一遍。

“你要爱你的寂寞！”这回我牢牢记住了，这句话出自奥地利著名诗人里尔克之口。二十世纪初叶，里尔克收到一位青年学生的信，年轻人在信中向他崇敬的诗人诉说了自己在校读书的失望与寂寞，认为校园生活与自己想象中的丰富与生动相去甚远，同学之间找不到单纯朴实的友谊，感受不到关心别人和得到别人关心的无穷乐趣。里尔克极为重视这封信，实际上是极为重视一个少年的心灵苦痛，在经历一番思考之后，郑重其事地给学生回了一封长信，郑重其事地劝导这位年轻的学子：

“亲爱的先生，你要爱你的寂寞！”

“你要爱你的寂寞！”是这封信的主题和文眼。里尔克态度极其诚恳和耐心，语气十分谦和，近乎恳求的口吻，还似有些虚弱，但始终积极而又坚决地，向尊称为“亲爱的先生”的年轻人阐述和传递着自己的思想与观点。

——贵为大家的这种谦卑态度，先让我心生感动。与此同时，里尔克的话，还给人强烈的思想冲击，因为在里尔克看来，寂寞，似乎是一件十分脆弱又贵重的玻璃器皿，必须小心翼翼捧在手心，轻轻地置于桌面，似乎一不小心就容易滑落破碎。

二

这不能不引发我的思考：寂寞，真是这样一种因为难得，而需要加以珍爱的东西吗？“你爱你的寂寞！”我们该怎样来理解诗人的这番用心与情感呢？

从生存意义上讲，现代社会是一个开放互动的世界，人是群体性的，互为存在，又相互影响，没几个人有那种被动主动的机缘，能去当一回鲁滨孙，在孤岛上离群索居，所以就必然性地需要与他人沟通交流，既需要在别人的关注帮助中感知一份温暖，赖以生存，也难免被动地要在别人的几分苛求挤压中艰难生存，不能不说这就是生活的常态。当然，不管以何种姿态和状态与别人为伴，生存与成长，都只能是个人的感受与行为，需要自己来体验其中的快乐和艰辛。个人只有在独处而寂寞时，人世的喧扰才有可能从旁边走过，日常生活中所信任的、所习惯的、所厌恶的，都可以暂时离开我们。这时，自己的心灵才会是自由和开放的，对内心说真话，只有在这样的情形下，新的情感与经验才会流连驻足，成为自己生命的一部分。这才是寂寞带给我们的空间和益处。

可悲的是放眼现代社会，许多人都心灵空虚、精神紧张，畏惧独处，不愿冷静思考自我与社会的关系。心浮气躁，热衷喧闹，乃至醉生梦死，借此来抑制、掩盖内心的不安与骚动，已大多不能体会寂寞可能带给人的那份特殊礼物，比如充裕的时间、平静的生活、平和的心境，乃至自由的心灵与独立的人格。

三

独处的妙处，寂寞的意义，认知不易，懂得享受更难。

“独处是一种特别的能力，有这种能力的人并不多见。我向来羡慕那些拥有内在资源、可以享受独处的人，因为独处给你一个独立空间、一份自由，这些是人们嘴上喊‘要’，实际却害怕的东西：人生在世，没有什么比独处更让人惧怕的了。他们害怕寂静无声，害怕那种剩下自己一人与自我思绪及长篇内心独白独处时的静默。”这是费里尼（意大利传奇导演）揭示的道理，只是他说得这般精到，可惜他也承认自己不是个善于独处的人。

常人自然无从达到大师的思想境界，尽管如此，寂寞与独处，也曾经让我偶尔体验到了它的独特魅力，以至于终身难忘。我曾经在一个比现在寄居的地方大得多的城市里辛勤工作，平静生活，虽然也不无温暖与忙碌，但是，心灵安定踏实的一点点虚缺感，总是有月光下行走的感觉，如影随形，挥之不去。每天坐着小车上下班，感觉坚硬的铁皮车身将我与车外的世界隔开，直接而无情，无意间伸出手去，触到的也是冰冷的玻璃。也曾偶尔骑自行车行路，在微凉的季节里，我在如潮的车流里穿梭前行，风声铃声喊叫声，声声入耳，似乎动听又不尽然。天也在那一阵唰唰地黑下来，就在这一刻，我的心头会突生起一点点清凉的感伤，一句话也不想说，脑子里容易闪现的，就是三毛、茨威格这样的形象。我不知道这种感受叫什么，是否就是所谓寂寞，竟如此暧昧难言。

那时节，我想起一句话叫“灵魂在远方”。灵魂何以会在远方？只因为灵魂在此处无处可安。不管是这句话始说者的主观刻意，还是外在的客观事实，我似乎陡然间增加了对言说者的共鸣。对人生某些曲折的故事，那一些悟性强、懂得常理的人，却未必有足够的文化功力，加以厘清辨析，乃至权威教化。而另一些或有文化功底或理智聪慧的人，或因离这般客居的生活太过遥远，以致无从言说，或者也可能因这样那样的功利，顾左右而言他，不便详解这混沌世界的稀罕之物。

然而，独处的妙处，寂寞的意义，真真切切并不虚妄。

我所居住的小城旁，有一座国家级的风景名山，声名远扬海内。一年之际，尤其春秋，游人如织。我也每年抽空上山小住，最爱捕捉和感受山中暴雨过后云雾升腾的景象。只是，这样的景象难得一见，犹如去长白山观天池，可遇不可求，非有甘受寂寞之诚心耐心，不足以有缘领略。

我曾经连日蜗居山庄，足不出户，坐在阳台上，面向宽阔无界的山谷世界，白天看书休憩，傍晚则静观落日。也曾亲历这样的夏日，一场大雨刚停，我在阳台观景，看那云雾不知何时在山坳生成，翻腾积蓄，然后顺着山势，从山脚往上推，若千军万马般，气势夺人，极为壮观。眼看着快抵近小楼，我便将阳台落地玻璃门大大地敞开，退入房内，站在客厅中央，怀着有些急切、有些激动，又多少有些惶恐的心情，看着那云絮，从山峰那边慢慢地飘过来，飘过来，越过阳台，浩浩荡荡全面进入我的客厅，顷刻间把我裹挟在内，与之浑然一体。但为时不久，云雾渐淡，而后慢慢分流，溢向每个房间，最终分成丝丝缕缕，从门缝与窗口飘出，回到山岚竹海，钻进竹叶草丛之中不复见。

身处这样的时候，四周应当是、当然确实也是相当寂静的。这时，时光有如凝滞，某种异样而深刻的感觉，也像这无所不在的漫天云雾，不由分说，坚决而细密地包围过来，扑面渗入肌骨，无从抵抗，无以复加。这一刻的感受，确难以用几个简单的词来形容，我想那人生至境，莫过于能遭遇山巅的扑面云雾，以及这无边无际的寂静。

这种如遭异常冲击般的感受来得十分强烈，有些复杂，但对于独处的我来说，不仅不觉难受，反倒觉得是一种享受，一种无与伦比的感受。这回我真的有把握明白，其中最主要的也是最重要的，就是寂寞，而不是别的什么感受。

四

独处与寂寞的妙处如此丰满，然而要享受它，却分明是有先决条件的。“一个人是否真的喜欢独处，真的有能力独处，要到有了大块独处的时间才能确定。”读到过宝岛作家杨照先生写的一篇文章《你有能力独处吗》,除了内心“真的喜欢”与“有大块的时间”两个非常显而易见的条件外,“有能力独处”这一条最令我感兴趣,因为它饶有新意,是从一个全新的角度,提出的一个容易忽略的前提条件。活在现实生活环境中,有太多的东西,可以让人有意逃避或无意间随大流而远离独处, 比如习以为常的网络时光,比如司空见惯的社交生活等,无情地消耗掉了一段又一段原本可以用来独处,用来挖掘自身内在资源的心灵体验。为什么费里尼要说:要拥有许多内在资源,才能享受独处? 相信只有在独处时,你的思维才是更空灵自由的,你才会多多注意挖掘那种被费里尼叫作“内在资源”的素质。

“空故纳万境,静故了群动。”这种寂寞,不是幻灭,不是枯索,而是在寂寞中具备了灵动与感悟的莫大空间。在寂寞中,尽可以感受自然的无边无际无着落,享受思想的无边无际无着落,无声胜有声,无语胜千言。这种寂寞,一定不是常人轻易可享的!不气定神闲,寂寞面对,识得可遇不可求,轻易哪得?

大概在这样的时候,如果还能想起里尔克的这句话,你就不仅不会觉得矫情或落寞,反倒会有几分会心与认同:

“你要爱你的寂寞! ”

“我已是大运河的粉丝”

《随笔》杂志编者按：

在本文编辑过程中，惊悉《随笔》老作者舒乙先生于2021年4月21日因病去世。谨以此文悼念前辈。

生命，就是时时刻刻不知如何是好。

——木心

一

周日与舞蹈家姚珠珠老师通电话，寒暄一阵以后，我鼓起勇气开口问询作家舒乙先生的近况，电话那头出现了短暂静默，继而是以明显低弱的声音回应道，舒乙老先生境况依然大不妙，至今仍昏睡在中国人民解放军总医院的重症监护室里，说完这句话便再不多言半句。我知道，舞蹈家夫妇与先生是多年至交，所以这一信息应该是准确可靠的，想到这点我满心悲凉，因为照此说来，曾经那么热衷于各类文化社交活动的、被公认为社会活动家的舒乙老先生，因为脑梗，竟躺在那张冰冷的病床上，昏睡已达五年之久，外面的喧闹世界，每一个阴晴圆缺，每一场风霜雨雪,都已然与他无关了。

这于我而言,尽管不是毫无思想准备,但搁下电话,依然半天回不过神来。

生老病死,是生而为人必须得接受的常态,对所有人原本是公平的。然而具体到某一个食五谷杂粮的真实人,包括周围的亲朋好友,病魔的残酷无情,依然会对其产生难以承受的杀伤力。为什么非要让一颗充满智慧热爱思考的头颅停止思想,让一副长期热衷奔波跋涉的身体不再正常摆动?舒乙先生生于 1935 年,今年已满 85 岁,可是他的 85 年并不连贯完整,而被生生地切割成了两截,有质量的生命,其实在他 80 岁时就已戛然而止,后五年成了至暗时刻,一个休止符,使得五年等于一年,一日等于无数日。

人生难料,我真是服了,有哲人早告诉了我们"悲剧就是撕裂给人看"的道理,其实,有时候哪里需要到"撕裂"这样极端程度才成为悲剧?

二

舒乙先生总是客气地称我是他的"忘年交",这话他不止一次说过,而且都当着旁人的面说,让我感到有些小幸运,更有些不堪其重。因为论年龄我是先生的晚辈,论社会地位我们之间更是悬殊太大。事实上,我和他的结识,纯属偶然。2008 年 11 月,家乡为姚珠珠老师创办舞蹈艺术馆,开馆那天,我有幸受邀参与盛会,但因事迟到,所以只赶上会后茶叙环节。当日,参会官员、艺术家众多，嘉宾云集，眼花缭乱。舞蹈家是盛会的主角，却依然忙里偷闲，热心地将专程前来捧场的嘉宾舒乙先生引见给我。我早在一旁悄悄观察，在大多不修边幅的艺术家来宾中，舒先生比较扎眼，他不仅衣冠楚楚，头发齐整，而且大多时候端正站立，显得精神矍铄、气质独特。初次见面，舒乙很是客套礼貌，无半句废话，明显感觉到他在一个地方小官员面前的矜持。听说我也爱写作，他才稍加注意，再一听我专攻杂文，便很有出乎意外又像有些怀疑的意思："哦，真的吗？"瞪大的眼睛与挑高的眉毛，都清晰地传递出他的狐疑：你一个官员，尤其是一名宣传文化部门的领导，你怎么可以写杂文？怎么可能写出什么高质量的文章（多年后舒乙承认了我当初的直觉是准确的）？这颇令我有些难堪，老实说。一些未经查考的关于老先生为人友、为人子的纷乱传闻，很容易就浮上我的心头，导致初次见面，感觉平平，远称不上轻松愉快。

后来见面机会增多，我们也就渐渐熟了起来，多半是我讨教文学与习作的问题，难得平和地探讨一些公共话题。舒乙的指导与评价总是直截了当，毫不含糊，比如说"你写的东西，我看过了，有思想，有文采，但也有那么一点书生气"。2013 年春暖花开的时节，我的散文新著《世道人心入梦》出版，他欣然为该书作序。当年夏天，省作协出面邀请作家评论家若干，在莫干山为拙著开一个首发座谈会，经我提议给舒乙先生也发上一封邀请函，不过组织方领导其实也包括我自己在内，大家都对这一邀请不抱太大的希望。没料舒乙先生欣然答应，且专程自北京赶来参会。会议原本安排舒乙先生最后发言的，可是老先生毫不客气地坚持要第一个讲话，主持人只好临时改变议程。舒乙先生的发言自然引人瞩目，全面评鉴我的习作，当然也说了许多鼓励的话，最为难得和温暖的是，他特别恳请大家："一定、一定要保护这样有独立思考的宣传部部长，太不容易了，太感动我了。"不仅如此，舒乙先生还借题发挥，信马由缰地尽情表达起他的自由思想来："作为一个官员，难免要说些官话套话，可以理解，但不能过度，一旦过度，就令人生厌。我有一次参加一个有国家级协会领导参加的座谈会，听了大家的发言后，这位领导最后讲话总结，居然批评我们说：你们说话不能这么随意，你们要对着稿子讲，一个字都不差，我要求你们发言，不要总想着用自己的语言，要尽量多用《人民日报》社论的语言。你们说可气不可气？作为一名作家，我们可绝对不能这样，这样也是当不了真正的作家的。在当下这样一种语境下，这本书却不说官话不说套话，(作者)好像有双重人格似的，是一个怪物。"临到发言结束时，他又不忘提高了声调，再次强调："我呼吁，大家一起来鼓励、尊重、保护讲真话的作家！"

所有来宾中，数舒老先生最为德高望重，他的语气又如此强势，不容置疑，倒像是为会议定了一个新的基调，其后的发言人中遂多了脱稿而谈者，也多少会涉及一点要不要讲真话，以及如何讲真话这个话题，关于拙作的艺术得失的讨论反而有些被游离了。见舒乙先生像是乐观其成的样子，主持人也就无意纠偏了，我当然也更没什么好计较的了。

三

几年前，我在基层小官的任上，曾经牵头组织创建了一个公益性的博物馆，颇受公众关注期待，内心颇为得意，不免在许多细节考虑上有些好高骛远，比如馆名的书写，就很费了一番脑筋，内心里很想请得京城一位我心仪已久的美术大家的字。舒乙先生在电话里听我无意间聊起这事，竟是二话没说，主动承揽任务，说与这位著名书法家同为当届全国政协委员，关系熟稔，我帮你介绍过去就是。真是欲瞌睡遇到塞来的枕头，我自然喜出望外，连声道谢。没多久我赴京公干，就怀揣舒先生的便条，兴冲冲地赶到远在郊外的昌平上门求字。有了敲门砖，叩开门就不是问题。最终当然是如愿以偿地拿到了题字，不过中间的过程可以用迂回曲折来形容，令人啼笑皆非。大致情形是，入门请茶，书法家夫妇一同热情作陪寒暄，费去不短时光，临到我几次提醒来意，书法家仍安坐不动，连称不急，眼神却不断瞟向一旁的夫人，似乎有难言之隐，原本闲言不多，看去只有书法家一半年龄的年轻夫人，终于忍不住开口，直接挑明需要一定润笔费，而且谢绝赊账，我才恍然大悟，吩咐随员即刻出门，就近找到一家银行，按当时行情将润笔费打到夫人账上。这个过程当然冗长难挨，于是彼此东拉西扯、无话找话，直到收到银行短信，小夫人这才首肯书法家动笔，起身带我来到位于地下室的宽敞书房，麻利地选好上等宣纸，裁成可够题字容量的长条幅，铺平压实，再拧开墨汁瓶盖，倒入一精致瓷碗中，碗大墨少，大约只是小半碗，随即夫人离去。题字倒是一气呵成，柔中带刚，颇有神韵，而且书法家还特意多写了一幅供我挑选。听到我感谢,他连称惭愧。在接受书法家递来的宣纸作品时,仍明显看得出,如释重负的他那写在脸上的些许尴尬。

后来再有机会赴京参加一场朋友聚会,舒乙先生不仅到场,且理所当然地主宰了聚会。不知怎么的,其间他突然问起题馆名的事来,我见举座皆熟友,也就一五一十地讲起了索字过程。先生听着听着明显不快起来,未等听完我讲明全部情节,先生腾地站起身,快速在屋里转了两圈,一边走一边嘴里还嘟囔着"我的老脸都没地儿搁了",明显看得出他感到有失脸面而愤懑,当着一众朋友的面,他发誓"以后再不和他(书法家)发生个人交往"。那一刻倒让我一时难堪至极,老实说我当时只是将此事作为段子来讲的,绝无要向他诉苦抱屈,甚至奚落他的意思,所以很有些后悔再提这件已成过去式的事。不过,舒先生毕竟不是常人,很快即恢复了他平和自信的气度,不忘记及时转换到一种周到、宽容的口气,打趣地说道:"赶明儿我空了,得写篇文章,叫《论老脸》,羞羞自个儿。"说着说着就自己先笑了起来,我明白他已然释怀,心中石头得以放下。瞥见我也在笑,他又故作生气地数落起我来:"也怪你,什么人的字不可,非喜欢他的字?"我只好连声称确是我的错,必须设席谢罪,众人皆随声附和。其后,气氛更是轻松,他甚至还连说了好几例他的朋友圈里老夫少妻配的趣闻逸事,引得满座欢笑不已。我注意到,他没有简单地将此类事归结为一种社会恶习,而轻易加以抨击,甚至,自始至终他也没有一句责怪、讽刺小夫人的话,言语间,反倒多的是对二三十岁的小保姆,屈尊嫁给一个大自己四五十岁的糟老头子,以及一朝成为少夫人的处境,可能有的难以为外人言知的苦衷,很有一种建立在推己及人、换位思考意义上的体谅与宽容，令我印象特别深。这实在是先生的善良可爱之处,也让我对老先生的了解又多了一些层面。

学者钱穆说过:“懂得别人的心情,就是最大的学问。”依这个理论,舒先生是一位有大学问的人。

四

舒乙先生晚年开始关注京杭大运河的保护利用问题，他趣称自己已是“大运河的忠实粉丝”,为此,身体力行,投入很大的精力,花了大量的时间。

修于隋代,贯穿南北的大通道京杭大运河,连接天子脚下的京城与鱼米之乡的江南，是一条承载着太多民族情感与故事的河流。自 2005 年年底开始,舒乙和舞蹈家姚珠珠、文物保护专家罗哲文等政协同人一起,不遗余力,执着助推,在大运河保护和“申遗”的长路上,积极贡献智慧,留下深深的印迹。2006 年 3 月全国两会上,五十八位政协委员联名提交的《应高度重视京杭大运河的保护与启动“申遗”的提案》,舒乙先生是积极倡导者与联署者之一。5 月,他不顾身体虚弱,推掉诸多事务,参加全国政协组织的,被新闻媒体称为“大运河历史上规模最大的一次全程考察”,从北京景德牌坊前启程,一路南下,沿路不住地看,不停地问,不断地思考,从而对这条承载了中华文明丰富信息的“历史之河”“文化之河”有了更真切的了解和更深切的感情。十天后,在杭州召开的研讨会上，先生充满激情地做了一次题为《江南的运河，水乡的辉煌》的发言，博得满堂喝彩。回到北京，舒乙仍沉浸在对大运河的热情中，奋笔疾书，在极短的时间里，写出长篇考察报告，取题为《疼爱与思考—— 一个政协委员的四次大运河考察亲历记》，公开出版。在给我寄赠此书时，还不忘附上纸条特别关照“您一定得认真看完”。

参与几趟实地考察，舒乙至此俨然成了大运河这一横跨经济、水利、文化等领域的专家，其后见面，先生言必称大运河，不厌其烦，但凡事涉大运河，则无论大小，他都爱探个究竟。某次通话我无意间提及，绵长的大运河汩汩流淌到烟雨江南，也流经了我的富饶家乡，孕育出一个水晶晶的江南古镇，老先生兴奋异常，连声强调要来细细地走一走，看一看，临撂电话前，他特别强调：“我要当称职的粉丝，所以事关大运河的事我都要管的。”似乎不久就觅得机会下江南，仔仔细细地走访、考察位于杭嘉湖平原腹地的水乡古镇新市。其间我全程精心陪同，不敢言轻松，因为老先生对于古镇风貌有赞有弹，总体却是赞少弹多，且赞得节制，弹得具体严厉，不留情面。比如他特别敏感，且反感居民将空调外机装在临街一侧，认为“面目可憎”，既不文明地将散热热气吹向游客，更破坏古镇的原始风貌，为此，几度驻足不前，手指空调外机，忍不住当面批评房主，惹得当事居民面红耳赤，想要争辩却一时搞不清来者为何方神圣，我见状不妙，赶紧找个理由拉走他。

坦率说，在古镇抢救保护这个话题上，我内心还是赞成他的保护为本、兼顾利用的基本理念的。舒乙先生固执坚持，古镇应完整地保留它的原始风貌，包括其原住民，也绝不可随意动迁将其赶走，而该让他们留在他们祖祖辈辈出生生活的地方，完全保留原有的张家长李家短，暮鼓晨钟般的生活状态，这样的古镇，才是有烟火气、有观赏性的，才是值得走读的有品味、有生命力的历史文化。我在认同这一基本理念的同时，理解在某些局部细节处理时，当地迫不得已要做的某些必要改动。比如夏日炎炎，空调不能不用，更不必说要给古旧民宅加装卫生设施了。这些事不能不随着时代的变迁而做些增添与改进，当然也不可避免地会损害一些古旧设施与风貌，实在也是不得已而为之的事情。偏偏舒乙对此不认同、不支持，他蛮横主张既不能让居民迁走，还不应该安装空调，退一万步至少空调外机不能裸露在外。浙北苏南一带被称为“烟雨江南”，本就雨水多，赶上梅雨季，更是空气带雨，潮湿不堪。古镇旧房，夏季就更显闷热，不允许居民安装空调，无异于不允许居民改善生活条件，还有，门脸狭窄、拼墙连瓦的逼仄平房，外机又能挂到哪儿去？当晚，我当面与他沟通，尽可能耐心委婉地谈了我的观点，甚至还打趣地说：先生如今住在公寓楼，生活也方便，如果让您回到打小住过的没有卫生设施的四合院，每天得拎着马桶晃荡晃荡出门一趟，您会真心愿意吗？舒乙听了一愣，欲言又止，似乎被我的话噎着了。

但到了第二天我才明白，我的意见他根本没有走心。

当天在特意为他安排的文化讲坛上，当着满座地方官员的面，他说起古镇保护话题。他仍余怒未消，又举“可憎的空调”为例说明，称见不到夏日在屋檐下摇着蒲扇乘凉的居民，是“一种悲剧”，毫不客气地批评造成这样局面的领导缺文化，弄得我这主持人在台上哭笑不得，算又一次领教了他的率真与较真儿。尽管如此，在我心目中，舒乙先生重视传统文化的保护，真心可鉴，令人感佩，纵认定他因不接地气有那么一点点书生之迂，也完全可以谅解。而今，大运河整治取得了突破性成就，作为标志性现象之一，淮河以北段“里运河”河段，通航河段不断增加延伸，许多堵点被打通，河道得到疏浚，河水变得清澈起来。苏南浙北运河段的保护利用，更是有了突破性成果。河上船只穿梭，漕运繁忙，两岸桃红柳绿，风光旖旎，应该说这正是舒乙先生等人当年奔走呼吁争取，期望看到的大运河治理保护开发的成果，可惜他无法看到了。

奇迹会发生吗？我由此真诚地祈盼，什么时候，有碍大运河文史专家舒乙先生智慧大脑的那个堵点，也能一朝被打通。

不动声色的善良

一

“林花谢了春红，太匆匆。无奈朝来寒雨，晚来风。”论起来，时光的流逝，最是无情，片刻不停又容不得商量。有道是，一个转身，光阴就成了故事；一次回眸，岁月便成了风景。当许多过往成了往事，在我们越来越显得有些迷离恍惚的眼神里，以及历经岁月风吹雨打而变得日益板结的荒漠心田中，还能留下多少感动？

应该不会多，可是一定有！

我确信有，是因为我读过武侠小说家古龙的《孤星传》，记住并信服了书里的一句也许并不经意的话：“黝暗的苍空中，仿佛正有两只眼睛，在默默地查看人间的善良与罪恶，一丝也不会错过。”

二

多年前，我到北京怀柔的一个基地接受某个培训。这儿地处京郊燕山深处，交通之不便让人无奈，即使紧挨着巍峨壮观的慕田峪长城风景区。好在基地面积够大，景色也不错，林木异常葱珑，空气足够清新，时逢初秋，满目青色仍为主色调，间有五色灿烂，尤其还有大枣挂枝，是南方人难得一见的景观。恰是大枣待熟未熟的时节，开始有些浅浅的红色显露出来，好像少女脸上的一抹娇羞的红晕，渗自娇嫩的发肤，纯天然，极好看。短暂的培训被密不透风的课程塞满，甚至没有一次课余团队活动，以至于彼此作为同学，甚至来不及像样地交流了解对方一下，就将遗憾地道别。所以，在集训最后一天上午结业典礼正进行时，同桌的赵同学向我提议，分手在即，中午能否小聚一下？身为组长，我毫不犹豫地答应了。

老赵效率很高，当即如取到密信一般拍发出短信通知。临到中午边，呼啦啦全小组同学来到校外的小酒馆，十六位一个没缺席，将这原本就很袖珍的包厢挤得满满当当。小店也没什么像样的菜，几条从旁边小溪里打上来的鱼，变点花样加工下，算是主菜了。好在大伙根本没在乎菜肴，气氛好极，开心热烈地交谈嬉笑，喧哗声几乎要把屋顶翻。

好时光总是过得快，没留神两小时聚餐过去了，瞧见餐桌上菜盘早已底朝天，我便唤来服务员买单。随着一声亮嗓子清脆答应，门帘掀起半幅，一张长满青春痘的娃娃脸先探进来，并不含糊，张口就喊出价格，让我猝不及防。因为几瓶酒钱，大大超过了预算，囊中所带铜板不足于支付，一时难免有些尴尬，但片刻我便回过神来，装没事情一般招呼大伙先走。众人道完谢以后，纷纷离席，片刻功夫，包厢里就只剩下我一人了，脑子里急速地盘算着对策，看来只有与这小丫头商量，拿身份证或手机抵押，待我取够了钱再来结账。主意打定也就不再踌躇。走到外间，仅吧台里青春痘一人在，也不理我，光顾低着头玩手机。我于是就尽量平和着语气与她商量我的想法，谁料我刚开口没讲几句，就被她打断话头：

“单子埋过了。”

“埋过了？怎么会呢？”

“怎么不会？”

“谁埋的？票据能让我看看吗？它上面该有签名的。”

“人家可没要发票。哎呀，你这人，人家埋单的也没你话多呀。”青春痘明显有些不耐烦了。

谁呢？会是谁悄悄地埋了单的呢？还没要发票，就不可能回去公家报销，也就意味着这得自掏腰包。带着疑惑，我三步并作两步赶回学员宿舍，竟已是人去楼空，走得好干脆。初秋的京郊，有着典型的北方气候特征，阳光照射不到的庇荫处，已有一丝寒意，刺激得人脑子异常清醒。呆立在长长的空旷的走廊里，我的脑海里像放电影般，回忆着餐叙故事的来龙去脉，搜索着每一位学员的脸庞，思考着这悄悄埋单、解我窘境的神秘朋友，究竟会是哪一个。萍水相逢，又擦肩而过，此生难说再见，为什么要主动出手呢？而且，有心给我解困，也可用别的方式，比如借钱给我，即使掏了钱，也该让我知道，也是理所当然的，不至于隐姓埋名的。不是雷锋是什么？

“睡在我上铺的兄弟，睡在我寂寞的回忆里。”毫无预兆地，我突然想起了那首熟悉的歌《睡在我上铺的兄弟》，尤其对老狼这两句歌词产生异样的感觉，萦绕耳边，亲切莫名，恍惚间感觉这歌声原本就源自身边。事实上学校住宿条件极好，每人享用单间，也就全无宿舍、舍友的概念，更无可能有“上下铺的同学”，但我似乎在回乡后很长一段时间里有些恍惚，疑虑自己像是有舍友的，分明就睡在我的上铺或是下铺，只是，隔着床板，我看不见他明显善意的狡黠的笑脸而已。这种感觉很是纠缠我，始终未能为时光流逝所冲淡而渐渐隐去，不存留一点痕迹。

要精准寻找到这位神秘的雷锋，是有一点难度的，况且我还顾忌，万一指认偏差，很容易给对方带来难堪的。这期间，老赵也兴致颇高，不间断地送来他的新见地，似乎水平完全不亚于福尔摩斯身边的华生。于是，我终于可以大致认定，来自内蒙古沙漠腹地的呼同学，最接近于我们的人物描像。某个月朗星稀的周末，接到我多少有些探测性质的电话，千里之外的呼同学显然有些意外，一直默不作声地听着我像讲故事般地复原经过，他既未承认也未断然否认，直到我心中有谱，再三致谢时，才听话筒那边传来连串朗声笑语：“兄弟，你咋说个没完了呢？这算多大的事啊……”

可找到你了，隐身于原野的好兄弟！众里寻君，好难！

是啊，确实得说说这是多大的事呢？这事固然无法直接上磅称量，可是它绝对是有分量的。我只知道于我而言，全然不是一件微不足道的小事，分量既重得如块垒，久久压在心里几乎难以承受，又如一幅油画浓墨重彩，得耗时耗神慢慢品味鉴赏。最直接最强烈的感受是，它让我清楚地、真切地确信，这世上某种因为稀缺所以弥足珍贵的品质，并未产生让人绝望困顿的消亡，甫一想到这点，内心就腾升起一丝温暖。品质这种东西，一旦被长期地坚持，就自然而然变成了习惯，而习惯，才正是有着直抵人心的力量。这种品质,就是由己及人的体谅,随风入夜,润物无声;是不图回报的出手,雪中送炭,山高水长。这种乐意出手的品德,来自哪里?追根溯源,我认定就出自善良的本性。马克·吐温说:“善良,是一种世界通用的语言,它可以使盲人感到,聋子闻到。”我知道,总有人质疑好人雷锋的真实性与他做好事的动机,我不爱与人去理论这事,理由很简单,因为我相信这世上真有这样一类善良的好人,呼同学就是。

还有必要从另一个意义上看这事。世上究竟有多少大事呢?所有的大事,不都是由小事垒成的吗?甚至原本就是小事呢?

这些年,我有如事实上也甘愿如祥林嫂般,不厌其烦地与人讲过呼同学的故事,并不太多顾及听者们的感受各异,或者是否愿意重复倾听,原因无他,总会在某段车水马龙的喧嚣街市,或者是在某个月朗星稀的寂静暗夜,我的脑际顿然会闪现这一故事,然后会拍着脑门庆幸,何其幸运我能有这种不期而遇的故事,它给我带来的感动、给我的冲击,如锤长击,异常强烈,又如肌体补钙,成为生命中具有极强抗体的那一部分。所以我,也特别希望将自己的这份感受传达给您,给所有期待世间一点点、一天天美好起来的善良的人。

真要由衷感谢:这世间所有不动声色的、恰到好处的、热气蒸腾的善良。

三

数年后,我终于如愿来到了内蒙古毛乌素,与呼同学相会在他的广袤无边、风吹草低的草原故乡。

呼兄劈面给了我一个牧马人式的热情拥抱，继而用手掌沉沉地、连续地拍打我的左肩膀。盛装的蒙古族姑娘随后微微屈膝奉上满满一碗迎客的白酒。草原主人的盛情，伴随着“下马酒之歌”嘹亮优美的旋律，构成了强烈的冲击力，以至于你顷刻间几乎有些恍惚。酒不醉人人自醉，一瞬间热气勃生，由内而外，随之裹挟全身。呼同学本知道我不胜酒力，笑眯着小眼在旁看着，倒像是鼓励，并无半点劝阻的意思，直到我喝罢，才不由分说地一把拉起我的手，引领着我漫步走向草原深处。

沧海桑田，昔日瀚海沙漠毛乌素居然剧变成一片芳草萋萋的绿洲，简直让人难以置信。呼兄满是骄傲地首先跟我讲述这个感天动地的变迁故事，说到动情处，还不由自主伸张开他的双臂，展向上空，划向那难以确定距离的远方。辽阔壮美的草原上，浮云低悬，触手可及，深邃明净，丈量不出的沉郁与深厚，空气就像滤出林间的泉水，透彻清凉，呼吸之间，直入心脾，我简直目瞪口呆，心里有再多丰富的语言，也竟然要失声。那一瞬间，我油然而生一种羡慕之情，十分真切。身体与心灵居然能够与草原贴得这么近、这么紧，所有朗照在澄明天空下的美好，也令人顿然领悟，我的呼同学何以拥有如此博大又多情的胸怀？

草原辽远，绿草蔓生的每一条路，都显得那么悠长。昼鸣知了、夜鸣促织之时，秋已切近。呼兄兴致极高，先是在蒙古包设宴款待我，情歌伴美酒，歌声不停酒不断，一首连一首，一杯接一杯。继而是马头琴乐师演奏助兴，蒙古长调那哀婉悠长的韵味弥漫了整晚的夜空，深深地陶醉了我们。月亮高悬，星星点灯，在发慌幽暗的毛乌素草原，我能真切感受到风的流动，微凉清爽的风,穿过了无数片树叶之后,吹到我的前额上,稍作停留,捎带上深情悠扬的歌声,再飘向那遥不可测的远方。

“我也是草原的孩子啊

心里有一首歌

……”

缤纷英溪帖

舞爱前溪妙，歌恋子夜长。

——崔颢

一

上有天堂下有苏杭。天堂中央，恰是梦里江南最清丽、最锦绣的风光所在。

出杭州往北几十里地，有一个名叫“莫干山”的风景名胜。山不算高，却以清丽取胜，满山青竹，满目苍翠。零星山涧蜿蜒其中，汩汩流淌而下，直到淌出一条叫“英溪”的河。

既称溪，河道就不宽，乃涓涓细流。溪也不长，十几里流程，宛如一个素颜欢愉的女子，从深山里款款走出，一路轻快自在向东流转，婀娜多姿，几经腾挪，便到了街巷曲折的市集。

我喜欢女子“英溪”这个名字，一如她走出的娘家村庄，既朴素大方，又充满灵气。与百里外的那个大家闺秀般的杭州西湖相比，名头自不可相提并论。英溪只是个村姑，却因家在吴越山水间，兼得青山与秀水的气质熏陶，自有她的清丽婉约，与不可多得的爽朗大方。

英溪的源头，栽满了桃树。春天来临，千树万树，桃花盛开，有喜燕无数，翻飞相逐花间，那是怎样一种壮观美丽的场景啊！想想就美。微风催动细枝，吹落枝头片片桃花，飘飘洒洒，落入树下小溪中，浮漾水面，灿若锦绣，又顺着溪水，缓缓漂流。人立岸边，目送桃花顺流而下，蔚为壮观，“英溪”之名由此而得。及至下游，河道渐宽，桃树渐稀，落英散布溪中，因水浸浪打溪石遮挡，已所存无几，不免令人伤感。然而此情此景，恰是文人墨客十分钟情的那个柔弱缠绵哀婉的江南。流水纵横，扁舟划行，船桨掏乱了液态的树木、石桥、碧天，也定然会产生事关这条小溪的曲水流觞般繁复幽曲的传说与恩怨。推想起来，当年的文人雅士，正应该是怀着奈何花落随水去的不尽惆怅，而把这一段溪流称“余英溪”的吧？

有道是：樯燕呢喃，梁燕呢喃。篝灯强把锦书看。

——人在江南，心在江南！

二

余英溪流至一个静逸的集镇，两岸是亭台楼阁酒肆错落遍布，白天人头攒动、晚间灯火阑珊的“余英坊”。余英坊无疑得名自余英溪。

说到“坊”，就自然让人想起“坊间”一词，莫名的指代，却实际存在，就觉得很平民化。“坊间流传”“坊间看法”这样的说法流行，就是若有似无、或真或假的指代，说说而已，仅供参考，不必较真儿，真有什么出入，无从查实出处，所以才“小城故事多”。这也契合了中国乡村生活的一种传统风俗：家长里短，七嘴八舌，众说纷纭，喜事苦情，破墙穿瓦，口口而传，迅雷不及掩耳，既能在第一时间出手互帮互助，又相互监督牵扯制约，隐隐地告诫人：行为之前，不能不慎重。

“坊”就有这样神奇的功能。

在这连片的建筑中，余英坊自然少不了歌厅茶肆，车水马龙，人来人往，欢声笑语不绝于耳。这浮动的繁华，正托起了余英坊的昌盛喜气。不仅如此，会聚一方人的余英坊，更少不了阳春白雪的所在，比如玲珑雅致的钢琴艺术馆、翰墨飘香的书画院等，星罗棋布，交杂其间，令余英坊平添了一分优雅气质。

这般或雅或俗、犬牙交错的布局本来是很容易为人诟病的，因为显得比较突兀凌乱，可是又一想，错落与参差岂不是一种和谐美？大隐隐于市，在这一片商贸集市中，钢琴馆、书画院等横空出世，令大雅与大俗、记忆与憧憬，融合得如此和谐美妙不已。

余英坊临河架有木栈道，顺河湾延伸，且十分亲水，漫步其上，令人顿觉鞋子的多余，好想索性脱了去，赤足踏板而行。我喜欢那些用松木桦木，或是其他什么木制成的栈道；齐腰栏杆、九曲回廊，即使刷了漆，也是一种黄黄的暖色调，漫步其上，分明有一种淡淡的木香感觉。这样的木质栈道，真正谢绝了钢筋水泥的生硬冷漠，而富有质感与弹性。人类，有时候似乎需要回到初始的姿态，哪怕只有一时半会儿。

当然，那一个瞬间，你也完全可以赖着不动。那就伏在栏杆上，或是坐在亭子里看风景。看水看鱼看树看花，看过往人轻松友善的笑脸，看天上云彩的绚丽倒影。亭台楼阁不显多，也是错落有致，亭是木亭，棕红色，尖角四翘，煞是好看。席地而坐，将双脚探进水里，最让人忆起遥远的威尼斯。桥是廊桥，小而精致，枕河而卧，风雨不动安如山，却远比山灵秀。“美人靠”枕河而设，虚位以待，最是耐人寻味。唯可惜，静静的河面上，少了一排排小木筏，可以约二三知己，自在泛舟。

入夜，月儿不知何时爬上屋顶，又仿佛跌进了河里，是那样的清晖姣好。月儿也是这静静流淌着的河不可或缺的一部分。这个时候最是难得，你的思绪是纯粹的、空阔的，可以什么也不想，也可以天马行空。

比如，雨天里，骤然逢着一个撑着油纸伞的，丁香一样的姑娘。

——画在江南，美在江南。

三

当然，如果愿意，这时您的脑际完全可以上演一出时光穿越千百年的大戏。余英溪畔的前溪村歌舞升平，先人手舞足蹈的盛景，恍若可以瞬间扑面而来。

两晋、南北朝时，中原爆发战乱，摧残民生，所幸未殃及江南。杭嘉湖大平原上的江南，原本就是富庶之区，也属崇文重教之地，轻歌曼舞，是江南的特色之一。那时的前溪村边，一村男女精习乐舞技艺，“江南声伎，多自此出。所谓舞出前溪者也”（宋·胡仔《苕溪渔隐丛话》引于竞《大唐传》）。

“前溪歌舞”，是西晋时期，据前溪人车骑将军沈充作《前溪曲》创编的集体舞蹈，初始排练成形，因其内容多为思归怀念题材，且舞姿柔美，即轰动一方。继而固化成形四出演出，流行大江南北，自西晋流传梁陈以至唐代。沈充广招全国各地灵秀女孩，培养歌舞技艺，学成后，其优秀者被选送入当时的“皇家歌舞团”，或朝廷的文武大臣的家庭乐团，活跃在朝廷和江南各大城市，从而，在中国歌舞艺术史上留得一页辉煌。与此同时，《通典》《宋书》等典籍又可体现，进入宫廷表演的前溪歌舞，在保留淳朴浓厚的江南民间歌舞的基础风格之时，又或多或少地加上了宫廷歌舞的华贵元素，其服装舞态逐渐弥漫着宫廷的奢华靡丽的色彩。

陈朝诗人刘删诗云：“山边歌落日，池上舞前溪。”唐代诗人崔颢也云：“舞爱前溪妙，歌恋子夜长。”这两句诗互为呼应，说得倒是同一件事。

据我国舞蹈史论家考，前溪舞“舞情缠绵舞态柔婉，具有江南民间歌舞特色”。一个曼妙女子，琴棋书画及歌舞，十几年学下来，造诣定然不浅。可以想象四五个世纪间，每至春天，满溪桃红，鹅黄色的柳枝迎风飘逸，美人身着杂裾彩裙，披着霞帔，腰佩珠翠，云鬓长袖，翩翩起舞，舞袖回裙似行云流水，灵动飘逸柔和，其眼波流转，欲说还休，定然是很美的景致。尤其前溪歌舞常以离人思归为核心表现内容，它的文化符号就是感伤、幽怨，一咏三叹，忧郁柔美，令世人无不神往之。柳如是称“翻风解作前溪舞，泣露犹闻子夜歌”，不仅说明前溪歌舞舞轻如风，也间接点到了它的精神内涵。

潇洒的诗人杨万里曾经到过此地，即兴口吟一首诗，证明了他对于前溪歌舞的充足发言权：

春光常驻柳梢头，剪得长条插酒楼；
便作家家寒食看，村歌社舞更风流。

岁月无情，时光流逝，今日来到前溪，物是人非，早已不复当年的模样。文人墨客的风雅连同他们的躯体，都已作古，烟消云散，或化为尘土，填了江南的沟壑，但这有何妨？游目骋怀，任思绪飞扬，旖旎的江南风致未变，弥漫的古典味道犹在，更何况，人间已换，新颜替旧貌，你还有多少为前朝旧事感伤的必要？

“青山依旧在，几度夕阳红！”

——舞在江南，最忆江南。

四

一条出自山野的普通小溪，不舍昼夜，流淌着自己，却引来如此之多的顾盼流连，结论只能是一个：与其说余英溪是一条有着别样迷人风光的溪流，毋宁说是一条充满灵动文气的溪流。

确实，余英溪就是一位能够孕育诗人的伟大母亲。

余英溪的源头，就曾诞生了一位了不起的诗人，叫沈约。余英溪的尾端，是另一位大文豪的出生地，这位响当当的人物，叫俞平伯。虽然一位活跃在南朝，另一位生活在当代，相差数百年，但谁又能否认，两位大文豪既共饮一溪水，亦完全可以隔空穿越对话呢？

沈约，字休文，十三岁时家遭大难，父亲沈璞被刘宋文帝刘义隆之子刘劭冤杀，沈约遂离乡背井，隐名潜逃四处流窜，后遇大赦才得以免罪安顿下来。

少年沈约虽家道败落，到处漂泊，但志向远大坚定，好学不倦，昼夜手不释卷。《南史·沈约传》："母恐其以劳生疾，常遣减油灭火。而昼之所读，夜辄诵之，遂博通群籍，善属文。"史传沈约生有"异相"，聪明过人，《南史》上说他左眼是重瞳，腰间有紫色的斑痣；又说沈约好读书，家书有两万卷，当时京师无人能与之相比。后入仕途，直至官拜宰相。

从余英溪源头走来的沈约，最向往潺潺溪水，春暖花开。即使当时官位显赫，待遇很高，但是衣着打扮仍很俭朴，有如农夫。晚年沈约曾在东田建立居室，凭眺郊野的群山，写过一首《郊居赋》，寄寓自己的情怀。前后官运亨通，每提拔一次，就请求辞官隐退一次，然最终也不能离任，公元513年，死于任上，终年七十三岁。

成语有"不拔之志"一词，比喻意志坚决，不可动摇，即出自《南史·沈约传》的"执不拔之志，高卧东南"。后人因之将沈约比喻为有着"璞玉浑金"典故的山涛山司徒。

仅凭此一点，沈约与俞平伯有着隔空对话的共同语言。余英溪的另一位赤子俞平伯，也终老都没有脱离淡泊的，甚至有些自恋的余英溪的影响。

俞平伯1900年生，原名俞铭衡，字平伯，现代诗人、作家、红学家。他出身名门，早年以新诗人、散文家的身份享誉文坛。历任上海大学、燕京大学、北京大学、清华大学教授，精研中国古典文学，是公认的新中国“新红学”的开拓者之一。

二十世纪五十年代中期，原本沉醉于《红楼梦》研究的俞平伯先生遭受骤然而至的政治冲击，震惊莫名，遂心生退意，远远地与政治“挥手自兹去”，转而对昆曲的兴致越来越浓，常常在家，低吟浅唱，自在消遣。每逢周四上午，夫妇俩便专门请来笛师伴唱。来了客人，也要坚持一曲唱罢才接待，还常坐车去颐和园尽心吟唱，这给幼小的外孙韦柰留下童话般的印象：“外公租了人工摇的乌篷船，带着笛师，带了吃喝的东西，把船漂在后湖上唱曲子。一群游客围着听，都觉得很惊奇。”

沈约与俞平伯，共有做一名桃花源中人的梦想。只是，一个是为功名所累而终未遂愿，一个是因变故而如愿以偿。

于岁月的洪流而言，世间所有的事物，包括芸芸众生，均不过是涓涓细流、匆匆过客，犹如余英溪畔灿烂无比的桃花，终究免不了纷纷扬扬飘落之命运，且为时光的潮流所裹挟，在余英溪河水的冲击下，匆匆向前不复回，最终变得无影无踪，但于时代的滚滚红尘中，保有一己的心灵净土，拥有一刻的绚丽光彩，既是那片片缤纷落英的尊严，又是这迢迢英溪清流的荣耀。

是为帖。

读到一位作家的沉郁情感

像牛一样劳动

像土地一样奉献

——路遥

一

沿着在高原峡谷间蜿蜒徘徊、河水不丰却潺潺流淌的延河，很容易找到著名的延安大学。此行我特意寻访的“路遥文学馆”，就坐落在这个静谧、秀丽的校园内一处靠山的五层建筑内。整幢建筑外观设计是典型的陕北窑洞群风格，看起来地域特色鲜明，联排的楼层倚着山势呈梯状趴伏，自下而上逐层后缩，感觉基础牢固，极是敦实稳当。这一整体建筑设计的妙处还在于，它还能确保二楼以上每一层都有一个小小的露台，既能观景，又很实用。文学馆设在地面一层，门脸是圆弧形窑洞设计，十分可我心。王蒙先生题写的馆名，简洁醒目，瘦金体的字，瘦而不失其肉，运笔灵动快捷，写得潇洒飘逸，尤可见风姿绰约处。不过我在欣赏书法的瞬间，心生美中不足之感，因为在我看来，这漂亮的题款，稍欠质朴敦厚，倘若笔画能粗拙一些，风格厚重一点，似乎更符合文学馆主人的气质。

这里是老校区,条件相对会差些,但进得馆内,空间布局之局促,设计布置之简陋,还是深感意外,也许缺乏足够的心理准备,骤然的吃惊就变得十分具体。迎面一张路遥的大照片,侧着脸,仰着头,穿一套明显陈旧的中山装,戴一副镜框稍显夸张的眼镜,手夹一根烟,烟雾尚在指尖袅袅,遮蔽了一部分脸颊。或许是因为角度的关系,路遥圆圆的脸庞更显胖,甚至接近于有些浮肿,让我那一瞬间感到某种不真实,与他的《平凡的世界》带给我的波澜起伏、苦大仇深的印象大相径庭。我的脑海里不由自主地想起作家红柯形容另一位陕北作家陈忠实的名言:“他那张脸,就是黄土高原。那么,他的眼睛,就是黄土高原上的启明星。”相由心生,许多作家评论家都相信这句古训,喜欢强调一名作家个人面相特别是眼睛与其笔下作品的关系, 我认可两者间虽然不无相通的道理,但相信并无必然联系,而且总拿这事来臧否作家才华发挥的好坏,终究是不够明智的。为什么路遥居然会是这样一张略显虚胖的圆脸呢? 略略抱憾。

所幸我立即被进门转角一侧墙面上路遥浮雕所吸引, 看得出这是路遥多幅生活照的情景再现。未刻意修饰,倒显得自然朴实,配上浮雕两侧成对联形态展现的路遥先生的两句名言,营造了深邃凝重的艺术效果:“像牛一样劳动,像土地一样奉献。”令人一见印象深刻。

文学馆总共不过四开间房大小的面积, 除去小半间用于休息兼储物,展厅就仅留两间屋。不仅没有恒温恒湿等的特殊技术配置,甚至连射灯这样的展馆常规装置也欠缺,所幸珍品善本不多见陈列。展厅中央有两个粗糙无比的玻璃柜,展陈着不同年代不同版本的作家著作,还有路遥的一两幅题字手稿,凑近细察,似为路遥真迹,遂抑制不住内心激动,以为单凭这一点,就庆幸此行不虚。文豪早已仙逝,真迹自然更显珍贵。几十年来,路遥著作一直受国内外多家出版社的青睐,出版再版不计其数,比如他的代表作《平凡的世界》,单以北京十月文艺出版社的发行量计,据说近两千万册。我愚想,如能将不同国别不同年代不同出版社的各类版本收集整齐,就称得上是一件有特殊意义的事,且能极大地丰富展陈呢。面对我的感慨之语,讲解员姑娘有些不好意思地解释道:“相关资料尚在征集中,确实有新收获,当然即使拥有更多也实在放不下。而且建馆本就是校方的热忱作为,并未立入地方政府建设工程,缺乏稳定的保障投入。”这么说来,条件有限的文学馆与圣地那些占地百亩、雄伟壮观的红色纪念馆相比相形见绌,也就不足为奇。

短暂浏览,出门又在馆门前伫立好一阵,眼睛需要适应一下门外的光亮,同时心情复杂,意犹未尽,很不情愿即刻离去。校园诺大的清静异常,没有半点喧哗声,也许是假日的缘故,除了我们一行,看不到其他师生的身影。正午的阳光还有些炽热,直射到馆前这片稀疏的榆树林中,树影婆娑,有些晃眼。于是收眼回头看山,梯形窑洞房的背后,有一座不算太高的山,默默耸立着,但因与房子靠得紧,从平地上仰望,似乎也有了一点不凡的气势。解说员姑娘操着略带陕北口音的普通话告诉我们,那原是一座无名山,只因出了路遥这样一位大文学家,吸纳和涵养了山城的文化气息,遂被人们骄傲地称作文汇山,同时变身为一处文学圣地，延于今日，也成为革命圣地延安的风景名胜之一，尽管来者寥寥。山上林木茂盛，郁葱得难以让人置信。我知道，经过多年的改造，陕北高坡早已不见那原本裸露于苍天的黄土地。这是黄土高原沧海桑田的成就，就我内心而言，情愿这心心念念的陕北依旧保持黄土高坡沟沟壑壑的原始风貌，哪怕是部分，当然这不现实也不应该。

斗转星移，换了人间。不能不惊叹于陕北人民改造贫瘠家园的执着与精神！奋斗与挣扎，不正是为了像今天这样让荒山变绿，山河变颜色，生活更美好一些吗？可是，苍凉孤寂的黄土高坡一旦消失，没有了那最能体现陕北农民粗狂热烈性情的信天游的天然舞台，又岂能唱出这般激情似火、柔肠百结的曲子：

“天旱了，着火了，地上的青苗晒干了，就盼着有一层层绿，就盼有一汪汪泉。”

“山挡不住云彩树挡不住风，神仙哟也挡不住人想人。”

“不大大的小青马，给它喂上二升料，让它三天的路程两天到……”

天辽阔，地苍茫，高亢悠长的信天游是陕北劳动人民特殊的情感宣泄方式，但它九曲回肠所吟唱的苦与难，即使再生动怕也只能让人感受到真实世界的一鳞半爪。消失了黄土高坡，也就消失了孙少安、孙少平们又爱又恨的贫瘠故土，更是消失了令作家路遥痛心疾首、思考人生的原点，就没有了可以感受体验《平凡的世界》的生活原生态，我不知道这到底是后人的幸与不幸？

路遥，您地下有知吗？

二

一个以具体人物为主题的馆，无论命名为文学馆也好，还是别的什么名称也好，归根到底是个纪念人物的场所。“路遥文学馆”毫无疑问就是为纪念路遥而建，那最该关心、最该用心的是，作家路遥有什么样的特质值得纪念呢？我想，这应该就是这个文学馆的主题，也是它能否“站得住”“活起来”的精神之“魂”。路遥在他生前与逝后，都曾得到过无数的荣誉，“茅盾文学奖”奖杯等实物，即便是复制品，均可以是支撑起赖以文学馆建立生存的基本条件，但我固执地相信，这还不是文学馆的“魂”，当然更不可说是从黄土高坡走向全国、走向世界的路遥的精神之“魂”。

与所有展陈罗列的作家逝后得到的荣誉名声相比，我更愿看那些能够见证其成名前的普通生活历程的实物及图解。比如体现他艰难生活与痛苦挣扎的某些实物，即使是一盒还算廉价，有时候被主人纠结时连烟带壳扭成一团的“恭贺新禧”卷烟；即使是一张简陋破旧，坐着时连腿都伸不进去，却一笔一画诞生了几十万字《平凡的世界》的农家小桌，等等，都弥足珍贵。生活曾经的贫瘠与局促，似乎一点也不妨碍一个人记忆的阔绰与从容！就这个意义而言，我更强烈地感觉到，一个以人名命名的文学馆或博物馆，其初始的、基本的存在价值，当然为纪念名人，当然理应说清楚是什么成就了一个文豪。

“像牛一样劳动，像土地一样奉献”，默默承受含辛茹苦，耕耘奉献至死方休，是牛和土地的专属特质，是作为生命体的“魂”。《平凡的世界》是路遥一生中分量最重的一部作品，字里行间都充盈着作家源自内心的，对挣扎在现实生活弱者的特殊关切关照，以及给更多社会底层的隐痛者以生活的力量。1989 年《平凡的世界》第三卷完成，自此费尽几年心血的百万字巨著全部完稿。三年后，当世人还在期盼阅读路遥的更多优秀作品时，路遥却匆匆告别了这个让他五味杂陈的人世，年仅 43 岁，走得何其仓促何其憋屈，或许正是这部优秀巨著耗尽了路遥所有心血。为写《平凡的世界》，路遥决意下到矿井，亲身体验如小说主人公孙少平般煤矿工人所经历的黑暗与痛苦，这令他的人生观得以升华，也使得他笔下的孙少平真正有血有肉、生动逼真。一块玉石的价值、光辉何尝不是来自千刀万凿的经历？正是从体力到精神的摧残磨难，才让路遥啼血而成名作，留下了一部不朽的长篇小说《平凡的世界》。

《平凡的世界》全景式地描写了中国现代城乡生活，通过复杂的矛盾纠葛，以孙少平等人为代表，刻画了社会各阶层普通人们的形象，人生的自尊、自强与自信，人生的奋斗与拼搏、挫折与追求、痛苦与欢乐，如棉麻般纷繁地交织，令人喟叹，发人深思，这应该也是路遥借作品，对自己人生、经历和关于苦难的思考。在小说里，路遥借助孙少平给妹妹写的信说了这么一段话：“要自强自立，勇敢地面对我们不熟悉的世界。不要怕苦难！如果能深刻理解苦难，苦难就会给人带来崇高感。亲爱的妹妹，我多么希望你的一生充满欢乐。可是，如果生活需要你忍受痛苦，你一定要咬紧牙关坚持下去。有位了不起的人说过：‘痛苦难道是白忍受的吗？它应该使我们伟大’。”从《人生》到《平凡的世界》，到路遥的其他小说，路遥均不光是简单地用手中的笔来复述自身曾经的苦难经历，他更是在用一种苦行僧式的态度进行写作。这一点，可以在他的一篇创作随笔《早晨从中午开始》中得到验证：“写这本书我已抱定吃苦牺牲的精神，实行如此繁难的使命，不能对自己有丝毫的怜悯心，要排斥舒适，斩断温柔。只有在暴风雨中，才可能有豪迈的飞翔，只有用滴血的手指才有可能播出绝响。”路遥在写作时，决意以一种不惜掀开伤疤般的决绝，以笔做输血管，通过指尖的书写，将身体的血液一点点输出，直到人到中年的生命被病魔无情吞噬。

路遥的人生，是这平凡的世界里千千万万个不平凡的个例之一，很难用三言两语去概括。他外表彪悍而内心多情，生活凄苦却精神丰富刚毅，他处于社会底层却心志高远，对世间人事，无论大小轻重，都有着异乎常人的敏锐的感知力和理解力。所以，他能把所有的生活挫折和全部的精神磨难，都转变为一种个性沉郁的体验，揉进文字里，将沉郁的风格，变成利器，结结实实砸向世俗的社会。路遥在《平凡的世界》中传达的苦难与隐痛，是文学难以逃避的恒久主题，而作为一个优秀作家，一个有担当意识的小说家，路遥能将这种伴随着苦难与隐痛对命运的拥抱，对生活赐予的拥抱，精心加以摹写和开掘，给更多的隐匿在社会暗处的弱者予生活的力量，让痛苦达到美的境界。孙少安们在苦难中学会了直立，学会了反抗与挣扎，学会了将历史刻在石碑上。勇于将奋斗与不甘永远铭记，这就是路遥通过《平凡的世界》想要向我们传递的生活真谛吧。

我认为这理应成为文学馆展陈、渲染的重点内容，尽管客观地讲，其操作难度不小。可惜偏偏这样重要的章节，在这里被有意无意地轻轻略过，让人无比遗憾。这就好似欣赏一部从序曲到尾声，原本乐章完整有序的交响乐，在最该激昂舒展主旋律的时候，却含糊凝滞，几近黯然失声般，令人一时无所适从，去留两难。

三

记得一位作家说："苦难和尊严，是文学的富矿和好品质。"这是从积极的层面来认知人生苦难。苦难和挫折，天生不受欢迎，对于任何人来说都是一种不愿接受的考验，作家是灵魂的工程师，所以他看待苦难和挫折的眼光理应比常人更细致一些，态度理应比常人更丰富一些，自然不应仅仅停留在被动地承受的层面上。

前些年我曾有幸参加一次北京鲁迅文学院短暂培训，院里邀来电影《盲井》的原著者刘庆邦先生作讲座，主题先行，也算宏大，叫"文学之源"，无非宣扬生活是创作的源泉，强调深入、深刻的生活体验，是写出不负于时代的伟大作品的先决条件。为此，有过多年煤矿生活经历的作家列举几个年轻时下煤矿的细节，佐证自己的文学作品何以鲜活生动。说着说着，刘庆邦突然间竟情绪激动起来，连称"不堪回首，不堪回首，可是怎可能不回首呢？"举座为之肃然，空旷的教室里气氛一时有些凝滞。过了好一阵，作家的心情显然有所平复后，才又继续开讲，缓缓说道："只有下过矿的人才会觉得，只要能生活在地面上，就什么都是好的！”这句话让我记忆深刻，之后我特意找来他的长篇小说《红煤》阅读。作者熟悉煤矿生活，在描写时气定神闲，举重若轻，而在写和煤矿有关的文字时，更是筋骨相连，血脉相通，在细腻的描写中见出生活的真谛。《红煤》细腻地描绘了出生贫穷家庭，却始终心有不甘的农村青年宋长玉攀附、奋斗、复仇、堕落的折腾过程，令人唏嘘，许多评论家因此而断言它是一曲生活的哀歌，而我却心有戚戚，更愿将它看作一曲人性的颂歌。掩卷《红煤》，我由此又想到了路遥的获奖小说《平凡的世界》书中的主人公孙少平，同样出身贫寒家庭，却又不甘自己终身贫穷潦倒的命运，于是走出家门闯世界，下到了煤井，在昏天黑地的百米地下世界里终日劳作，看不到一丝希望之光，这才痛彻体味到底层生活的辛劳痛楚、人生的艰难困顿，这内化成他生命的底色，也成为他始终内心躁动不安分，在试图改变命运的人生道路上，狼奔豕突般发愤发狠的动力。

生活的苦难并没有让苦难的人们低下头，倒能逼迫人深刻，以及更坚忍地成长。历经过苦难的人总是能够更加深刻地认知与品味到生活的本原，他所经历的一切其实是一种财富，这就像是深深扎根于土地的参天大树，它的根总是需要在暗淡无光的土地里深深埋藏着，这原本是它的生命之源，更是它的精神财富所在，所以这无疑是作为一棵树的无上骄傲。

何况相对普通民众而言，文人有更敏感的神经、更丰富的情感，又因其复杂的经历，有关人生苦难的承受就有可能更直接、更立体。这个时候对待个人苦难的态度，很可能决定一个文人的思想境界与人生格局。事实上文人的表现确实就是大相径庭的。苦难总是令人难忘的，回顾曾经的苦难历程也足可理解，但在见多了祥林嫂般的满腔怨恨的苦难文字后，我们对另一种文人刮目相看，肃然起敬。这种文人，就是如作家铁凝《相信生活相信爱》一文中形容汪曾祺那样的“从不放大自己的苦难”的中国文人。

铁凝强调前辈作家汪曾祺先生无论在什么样形态的年月中，都始终是“相信生活也相信爱的”，特别当他身处于一个苦难和看客的境遇中。动乱的年代，汪曾祺先生曾被迫离别家人，下放到河北坝上草原的一个小县劳动。在那里，生活极其枯燥艰难，能干的事，只有如他自己所形容的“画马铃薯，种马铃薯，吃马铃薯”。曾经生活潦倒如此，但他在离开坝上后几十年，至死也从未控诉过那里的艰辛生活，也从不放大自己的苦难。不仅如此，汪曾祺先生还持一种豁达的心态，来回顾生命中曾不幸降临的这段苦难经历。他曾经自嘲地写过，他如何从对圆头圆脑的马铃薯无从下笔，到一种想画不像都不行的熟练程度。他还自豪地告诉我们，全中国像他那样，吃过那么多的马铃薯的人，怕是不多见呢。这并不是说，汪曾祺先生被苦难麻木，相反，他深知人性的复杂和世界的艰深。他的不凡在于，“和所有这些相比，他更相信并尊重生命那健康的韧性，他更相信爱的力量对世界的意义”。

从这个意义上说，我们要对有着明显沉郁气质的路遥肃然起敬，甚至膜拜。沉郁本是忧愤，是浓郁，是厚重的一种情感、一种风格。沉郁不是玩深沉，不是故弄玄虚，沉郁首先是实在、忠厚、有内涵，无半点虚伪和矫饰，所谓“忠厚之至，亦沉郁之至”（《白雨斋词话》卷一）。不放大、不夸大苦难，不是忘却曾经的苦难，更不是否认伤痛入骨的苦难，而是冷静具体地看待，真实客观地体现。外在于表，是形式，胸有成竹，意在笔先，神于其外，犹如白描，生动再现。内在于里，是真实可感的内容，善于从中寻找生命的价值从而越加珍惜，寻找生活的真谛从而生活得越加透彻，既给人以力量，又给他人、给社会以某种警示与启迪，预防和制止苦难的再生，催人以清醒。

如有志于追求这样的功效，又何必刻意夸大张扬？

四

陕北富县籍的讲解员姑娘，眉清目秀容貌姣好，一笑俩酒窝，衣着朴素，话语轻轻，一副稚气未脱的学生妹模样，初见浅笑含羞，几番交流，方才放松自然起来。在我们一行好奇追问之下，她才大大方方地告诉我们，自己生长于一个普通家庭，自小爱好文学，应该是深受路遥的影响，课余也尝试文学创作，发奋寒窗苦读，其间也经历了许多个艰难曲折的故事，终于如她所述“比孙少平幸运得多”地如愿考上大学，跨进延安大学文学院的大门，幸运地成为路遥校友。姑娘以此为荣，寒窗勤学，立志成为作家，为此又自愿报名成为一名文学馆管理员，利用课余时间义务担当讲解员。在初秋延安湛蓝的高天下，和煦微风吹拂，小姑娘平和地说着她自己的故事，倒似乎成了这次拜读文学馆内容的一个组成部分，是一部乐曲不错的休止符。听得出她的真诚与充实感，仿佛邻家女孩般娓娓絮语，这令我们这一行多少有些失望或沉重的心情大为舒缓，甚至还有些欣慰。

在新时代的大潮就要替代旧风貌的同时，我们还能辨析到一点文化传承的真切的土壤，我们还能真真切切看到一点真实的生命，依然是件让人高兴的事。

由此遐想，陕北真是一个神奇的地方，曾经孤悬塞外，土地贫瘠，历史积淀厚重，苍凉而壮美。路遥就是这样一个他自己曾形容过的敢爱敢恨、挑战苦难的陕北人代表。同为陕西作家的高建群曾经题赠路遥：“文学是一种殉道，陕北高原是一个英雄史诗美人吟唱的地方。”文学的力量不灭，会永远强盛，能植入一个人的内心深处。我们仿佛能在姑娘身上，直接感受到路遥精神没有消亡，即使只是萌芽。其实只要有传承，何愁无结果？如种子扎入土壤，得到泥土的覆盖和雨水的及时浇灌，顺利发芽，能有理想的收成就行，又何必计较田埂的曲直与否、地块的方正与否呢？一句话，何必计较庄稼地的好看与否呢？而今在这片古老的土地上发生着的沧桑巨变，谁能不认可这是路遥笔下陕北人沉郁气质与力量的爆发呢？

站在这个角度，我要对以路遥校友为荣，弘扬传承文脉，以有限的条件，鼎力建设运作“路遥文学馆”的延安大学，表示深深的敬意！

下卷

山河何其重

“浮生恰似冰底水，日夜东流人不知。”

——唐·杜牧《汴河阻冻》

我很想建一座凉亭

失去故事，意味着历史开始失去它的人类内容，只要没有失去创造自己人性故事的人类，就有希望。

——哈维尔

一

海拔不过八百米的江南名胜莫干山，因雨水充沛，树木茂盛，花草葱茏，空气清新，再加各色亭台楼阁虚掩山中，错落有致，风景秀丽别致，而久负盛名。山雨欲来未来时，山风起势，搅得满山竹林“风来凤尾罗拜忙”，待到山雨已来时，云山雾罩，远峰近谷，空濛如诗，飞云似画，便宛如仙境一般。山之怀抱中，有一条弯弯曲曲、怪石嶙峋的下山小道，在一旁潺潺流淌的小溪的陪伴缠绕下，从莫干山著名的景点飞瀑剑池，直达山脚下的小集镇庾村。

每天要赶到山下的初级小学读书，出生在莫干山的小男孩褚定侯，记不得自己打小起，在这条狭窄的山路上上下下，要走多少次，披星下山，戴月上山，日复一日，从来风雨无阻，直到他初中毕业参军离开家乡。唯有这一次，1941 年冬，提前结束探亲假期，离家赶赴长沙军营，沿着蜿蜒曲折山道下山，很是特别。前方战事吃紧，部队催促归队。这一天，是不是一个沉郁灰暗的天，甚至是不是还有寒雨如注，是不是有人陪伴送行，这些都无从考证，默默走在小道上的褚定侯，一定无心欣赏沿途他异常熟悉的秀美景色，那一片片树林，一块块奇石，皆在他身边匆匆掠过，因为他心绪不宁。他的心中必定风雨如骤，有如阴郁而厚重的密云，甚至他很可能做如此这般的痛苦预感，那就是，他与这条山路的缘分已尽，是大概率的结果。

褚定侯，字勇深，1919 年出生于浙江省莫干山的一个普通农家。年少更事，勤奋好学，曾是浙西临时中学的高中生，因为受到周恩来主任演讲的感召，毅然投笔从戎，于 1938 年，考入黄埔军校武冈二分校 17 期。从军之前，英俊的他还曾与家乡一个姑娘坠入爱河，相约相守终身，可惜爱情之花刚刚含苞待放，即已为凛冽的寒风骤然吹折。外敌入侵，国难当头，立定当兵报国志向的褚定侯，没有陶醉在初恋的幸福里，更没有闻风丧胆当逃兵，他的一颗心早已无法安守在平静的教室里。初恋如花般美好，多才多艺的褚定侯，有着丰富细腻的情感世界，他当然不可能忘却自己曾经给心爱的姑娘留下的那句庄严承诺，胜利后一定“回来娶你”，却终究敌不过风云激荡的无情摧残。人在一个特定的环境里，尤其乱世中，做什么定然比不做什么更为重要，因为他不愿认命，听天发落，不肯随波逐流，自然更需要几分智慧，还有一分勇气。褚定侯显然深谙这个道理，行前，他特意在老屋附近种下了一棵枫树，愿为路人提供清凉与浪漫的一隅，并用心写下一副对联：“名士无妨茅屋小，英雄总是布衣多。”（褚家后人至今保存着此对联的后半副。）

军校毕业后，褚定侯被编入国民革命军陆军第41师121团2营6连任排长，先后赶上了第二、第三两次长沙会战。

长沙保卫战，终于在全世界正义人民面前，在民族面临生死存亡的危急关头，为中国军人争了一口气，为中国百姓提了一口气，结结实实。

而这一口气的代价，乃是一汩汩殷红的鲜血和一条条鲜活的生命。第三次长沙会战的收官之战，褚定侯奉命率少量官兵坚守浏阳河北岸，掩护大部队后撤。此际，前有顽敌，后无援兵，真正背水一战、进退维谷的艰难之境，褚定侯与他的战友与日寇昼夜拼死血战，直至全部壮烈殉国。

二

褚定侯最终没能全身而退，回到生育他抚养他的故乡莫干山，回到他那位含辛茹苦养大他、对他朝思暮念的慈母洪翠玲身边来。邮差沿着山道上山，捎来了“时在阵地”的褚定侯，写给大哥褚定浩的一封信。

这是一封过了许久才让褚定侯母亲知晓内容，让她心碎欲绝的家书：

浩兄如握

前日寄二书，不知收到否？弟已呈报告与团部，团长未能批准，云此非常紧急之时，不准弟请长假。弟部队已于昨日早晨出发进占阵地，而于昨日下午，师长亲自到弟阵地中侦察地形，改命弟单独守浏阳河北岸之村落据点，命弟一排死守此处，命弟与阵地（共存）亡。又云若在此能坚守七天，则可有办法。因此弟于昨日（廿五）晚率部到守地，连夜赶筑工事及障碍物，阵地之后五十公尺处即为大河，河扩水深，无舟无桥，此真为韩信之背水阵矣。本日情报：敌人已达汨罗江，计程三四日后能到此，然前线队伍，能毕力能抵，则能否到此，是为问题。加之本日湘北本年冬首次飞雪，则敌人之攻势，该稍挫缓矣。然吾军各师官兵均抱视死如归之决心，绝不让敌渡浏阳河南岸来。弟告部士兵“不要他渡河！”一句话，敌此次不来则已，一来当拼一拼。弟若无恙则兄可勿念，若有不幸则请兄勿悲。古人云：“古来征战几人回，”并请告双亲勿悲。生死有命，富贵在天，然弟一切自知自爱，务祈兄勿念。

兄上次寄来洋二百元悉数收到，祈勿念。

家中近来有信到兄处否？弟已久无告双亲矣，请能代书告之，云弟安全也。时在阵地，一切不便，故不多作书。

待此次作战后，则弟当入滇谒兄安好也。兄若赐言，仍可寄浏阳军邮第一五〇号四一师一二一团二营六连弟收可也。时因北风雨雪交加，关山阻绝，希冀自爱，余不一一。

即请

冬好

侯弟拜上

这只是褚定侯发自烽火军营的若干封家书之一，但却是他有限生命年华里的最后一封家书，现已珍藏于中国革命博物馆。几十年后，人们仍可以从这封字迹工整的书信里，读出腥风血雨的压迫感，以及那种异乎寻常的镇定与激越。

大战来临前的湘江战场，显得格外安静，偶有零星枪声炮声，给这大地平添了一种死一般的寂静。在惨烈的战事空隙，褚定侯没有睡觉休息，也无心顾及其他，所牵挂的，唯有一个指向。在昏暗的连营帐篷里，借着油灯闪烁的微光，他以潇洒飘逸的毛笔字，给兄长褚定浩写了最后一封家书。在这封信里，对母亲，对家人的强烈思念之情，浸润于字里行间。此外，在这封以及此前若干封珍贵的信件里，还逼真地记录和描述了前线将士们在面临缺少弹药枪炮的困境下，不惧牺牲生命，腰绑手榴弹扑向日军坦克的悲壮举动，尤为可贵的是，褚定侯在信中数度表达了自己“古来征战几人回”的必死决心，可谓字字滴血。

在他写下这封视死如归的家书几天后，军力强大、骄横无比的日军就开始强渡汨罗江，正面压迫长沙城。22 岁的褚定侯奉命率领全排将士浴血阻击日寇，最终和全体将士一起壮烈殉国。

一封家书，遂成绝笔。

一句“古来征战几人回”，是中国的普通士兵们，慷慨赴国难精神的真实写照。

他们中的每一位，都是身份看似再普通不过的“小人物”，识字不多，出生平民，大都在残酷的战场上，献出了年轻的生命。相比战场直面烈火与死亡的壮烈豪迈，他们写给亲人的千余封家书，同样弥足珍贵，因为它们同样直抵年轻人心灵里的柔软处。

即使是简单的文字，都足以令我们深深体会，生于那个不幸的时代以身殉国的普通国人真实的心路历程。

前些年看过一部青春电影《无问西东》，印象深刻。国难当头，偌大的国土，已摆不下一张平静的书桌，母亲强忍悲伤，送别决意休学参军的儿子，骨肉分离之际，扮演母亲的米雪，含泪轻轻说道："（儿子）我想让你享受到人生的乐趣，比如读万卷书行万里路，比如享受为人父母的乐趣，我怕你还没想好要怎么过好这一生，命就没了。"语调虽平缓，凝重的气氛却仿佛透出银幕来，听得人痛彻心扉，不由泪下。很不幸，故事的结局，竟让她的话一语成谶。

这段情节让我颇感熟悉，其后很长一段时间，仍让我不时回味，我又做了点索引考证的工作，庆幸终于找到了答案。这段电影情节以西南联大为故事背景，难得的是它不是编导的随意编纂，而是有真切的生活实例的，它其实取材于民国才女、著名设计师林徽因的泣血之作《哭三弟恒》：

> 我曾经每日那样想过了几回：你已给了你所有的，同你的弟兄，也是一样，献出了你们的生命；（献出了）已有的年轻一切，将来还有的机会，可能的壮年的工作，老年的智慧；可能的情爱，家庭，子女，及那所有生的权利，喜悦；及生的纠纷。

这段话，因为有别于《无问西东》这样的电影台词的口语特性，且出自才女之手，因而更显文艺色彩，也更耐人寻味许多。比如仅用一个“给”字来形容和浓缩所有的奉献，给出了智慧，给出了爱情，给出了权利，甚至给出了可以依附这一切的宝贵生命。给出了生命，就意味着给出了所有。一个看似寻常简单、无多少感情色彩的“给”字，真正力透纸背。还比如，我因之对其中给出了“生的纠纷”的说法就颇感意外，细细琢磨，我蓦然意识到，当然只有活着，才有“纠纷”的可能与自由，而这种可能与自由，也是活着的人的一种多方面的“机会”，一种珍贵的幸福！这样的观念何其重要！再联想至今日之俗世，又有多少为生活烦恼纠结的人，能够意识到同时珍惜这一点呢？

林徽因的弟弟林恒，1941 年在成都与日本战机空战中阵亡。作为烈士姐姐所经历的，也正是电影《无问西东》中，以历史的后见之明借“母亲”之泪所忧心的。山河破碎，国破家亡，人生之痛，痛何过于此？三年后，林徽因这首著名的悼亡诗诞生，在民间流传，延读至今。

1941 年，褚定侯也是在这一年，战死沙场，迄今恰好八十周年。

三

弹指已过八十年。

光阴从来急，山河仍依旧。掩映在丛丛竹林中的莫干山山道，顽强地保留着它的原貌，默默地接受每一次风霜雨雪的冲击，迎接每一个暮鼓晨钟的日子。

作为后人，我走在这条蜿蜒山道上，心生一分好奇，近半个多世纪的登山者中，有多少人还记得，走过这条崎岖林间小道的人中，曾经有过一个叫褚定侯的热血男儿？

抗战胜利三年后的1948年夏，酷热难挡，蒋介石再度到达这座曾经诞生过抗日英烈的莫干山。他的此趟匆匆上山，只为设法挽救国民政府，乃至拯救风雨飘摇的独裁统治，而赶来这座著名的避暑胜地，召集他的核心幕僚，密谋部署出台“金圆券”，经此山道，被用轿子抬上了山。此一时彼一时，委员长的心境，与数年前发表《对卢沟桥事件之严正声明》讲话时大不同了，曾经慷慨激昂喊出“如果战端一开，那就是地无分南北，年无分老幼，无论何人，皆有守土抗战之责任，皆应抱定牺牲一切之决心”全民抗日号令的他，一定是想不到，也不太可能有渠道知道，即使是偶尔间听闻，曾经有一位少年经此道下山，奔赴前线最终血洒战场的故事。所以不妨猜度，即便知道褚定侯的故事，委员长恐怕也是心不在焉了，否则，他在山上逗留多日，何以不亲自去看望一下烈士之母，哪怕让人带个慰问的口信？

好在淳朴仁义的莫干山山民始终记得褚定侯，年复一年日复一日，时至今日，依然口口相传他的传奇故事，清明时节，前来祭拜他坐落于山腰密林环抱中的衣冠冢。

英雄的亲属当然更没有忘记，悲痛欲绝的母亲怎会忘了自己的骨肉？丧子之痛又岂会轻易平复？不仅记得，这更是母亲永远的痛：

——在几乎天天有战败、沦陷类消息传来，国民因物资匮乏和灾难感的重压下而备尝“亡国”之痛时；

——在赶走了外来的侵略者，云开雾散，四万万同胞劫后逢生，得以共享重建家园，万家团圆之欢时。

我不知道，得到儿子血洒疆场的消息时母亲是怎样一种心境。心如刀绞，泪如雨下，悲痛欲绝？我只知道，这位普通的母亲，坚韧隐忍，其后做出了两个令常人不免有些意外的举动。

与将另一个儿子送去保家卫国的举动相较，母亲的另一个举动不为外人所知，听起来也似乎分量轻许多，而且也因没能真正付诸实施，只能说仅仅是她的一个心愿。褚定侯牺牲后，母亲得到了一笔抚恤金。其时，抗战虽已结束，可是随即内战爆发，兵荒马乱的年代，百姓生活依旧艰难，这笔钱来得可谓及时，因为可以贴补家用，度过荒年。可是，母亲却紧紧捂着这笔抚恤金不用，她已打定主意，另作悉心安排，那就是要在儿子常常上下的莫干山陡峭山路上，建一座风雨凉亭，可以给那些为生计所迫，上下山路赶路的人遮风挡雨、稍事休息之用。母亲的这个心愿，得到了家人的理解与支持，只是随后抗美援朝战争爆发，老人家响应政府号召，将钱全部捐出购买飞机，用于打击侵略者。因此，直至母亲去世，凉亭还是没能修起来。

光阴荏苒，一晃大半个世纪过去了，褚母生前期待修建的凉亭仍无踪影，因为各种各样的原因，让人为此唏嘘。上莫干山的山路依旧狭窄原始，如今却正因此成了一条健身游览的网红游步道。每逢休息日游人如织，山道的两旁便建起了不少可以休闲度假的民宿，支篷打伞，花团锦簇，夜来张灯结彩，欢声笑语飞出扇扇小窗，一派祥和安乐气氛。只是莫干山常会下雨，雨打竹片声声脆，似乎是给游人发出声声警醒，永远不要忘了，曾有那么一段时间，我们的人民曾那样生活过。

诚然，“许多个人加起来，便是时代”。的确，为了警醒，为了敬重，我们还应该做点什么的。

为这条承载侠义的山道，为那位深明大义的母亲！

四

岁月无情，人的生命终会化为尘埃，消失于滚滚逝去的岁月之河，奔流到海不复回。然而，总有些东西会被积淀留存下来，因为“人在做天在看”，总有些光彩的灵魂还需要不断地守望。让我们成为无数守望者中的一员吧，让人性之种复活，开出永恒的绚丽之花。

我于是很想——的确很想，在这条能够最快捷地步行上下莫干山的狭窄山道上，选一处远近适中、相对僻静的位置，修建起一座小小的亭子，一座能够供人休憩、遮风挡雨的清凉亭。亭子当然得有个妥帖的名，在它还在孕育期，我们姑且称之为“褚亭”吧。老实说，从一个单体建筑的角度而言，办理这件事并不复杂困难，也许以一人之力就可办到，但是，这事却不适宜由某一人独立完成，而应最大限度地汇聚更多人的力量，众人出手，你一块砖我一片瓦地合力来做，才好，才妥帖，才有意义。所以，即便是这座凉亭的名称，也应该有必要向社会公开征集，让它能有一个朴素的、庄重的、亲切的名字。

当年母亲洪翠玲起意建亭，是因为风雨晦暗，世道纷乱，生活艰难，一座遮风挡雨的凉亭，是母亲仁慈之心所系，即使只能短暂偷安，也是每一位过路百姓的点点安慰。而今，活在朗朗乾坤里的我们，在这个太平盛世的时代，一座遮风挡雨的亭子，能让那些心浮气躁、追名逐利的人稍停小憩，涵养静气，或许成为心灵的一种慰藉。

时间可以消磨掉许多东西，但人性之血脉在光阴的无情流逝中，仍可以生动地延续。希望在人间，历史就没有失去它的人类故事，特别是当故事富有人性时。

褚亭定然是莫干山连绵竹林绿丛中的一抹亮色。它不突兀，不显摆，蓝天是褚亭的穹顶，祥云是褚亭的缎带。群山环抱着褚亭，翠林簇拥着褚亭，环境幽静，树木葱茏，清涧溪流、清风明月不用买，这些都是它的基本配置。

在我的心中，这座亭子，体量不需要太庞大，外观不需要太豪华，宜简朴宜精巧，够秀气够灵气就行，能体现最典型的江南风格，与大自然完美融合，因为有了灵气与秀气，足够支撑起它的大气。比如结构造型不宜雕梁画栋，堆砌复杂，立柱子四六根，不要太蛮实，整座亭子都应尽量不用和少用彩砖，可用瓦，但不能用琉璃瓦。瓦，可是一座亭、一间房遮风挡雨的重要元素，乡村的瓦大多呈蓝色，那种蓝不是天蓝，也不是海蓝，是我们司空见惯、完全接受的瓦蓝。亭名的风格以简洁为宜，醒目为要，不一定请官员或名人书写。亭子里，放几只木头条凳固定摆设，供游人小坐，如还能有一张简易的木头小桌，放上几把蒲扇、几把雨伞，那就再好不过。

我还希望，建造这座亭子时最好还能再费上一点心，从长沙城郊外浏阳河畔旧战场，掘取一把被战火硝烟浸染的黑土，与莫干山区纯色天然的黄土完全掺和，铺于凉亭的基石之下。在凉亭的一侧，立一座条石纪念碑，以兹纪念。石碑不是非得用豪华贵重的花岗岩不可，能就地取材更好，开掘褚定侯出生地的寻常岩石即可。碑上不要有太多的文字、太艳丽的着彩，用风格朴素稳重的字体刻上褚定侯的名字，以及他的生卒之日。石碑的背面，理应有介绍英雄母亲心愿与义举的简洁文字。

我不知道，这样的心愿，是否有朋友起而响应？

只因沐的是春风

我相信，感觉轻松而没有负担感，是常人乐意与他人会面的前提条件，假若非刻意的会面，还能让人感受到一星半点教益，那就真的是一件本来意外却又十分愉悦的事情了。“吹面不寒杨柳风”，只因沐的是春风。

很难准确表达我与茅医生每次会面的感受，只有自己知道，内心很乐意见他。

茅医生是医科大学毕业生，毕业分配赶上强调“五湖四海”，遂来到我们这个当年还属偏僻落后的江南小城，埋头从医，逾半个世纪，其医术与医德在坊间均享有良好口碑。改革开放以后，认民主党派身份的专家代表，出任地方人大的领导职务。后到龄退休，未向组织提任何要求，离岗居家，安安静静，与老伴一起颐养天年。

得知我要登门拜访，茅医生夫妇双双站在楼梯口，满脸笑容，早早地伸出手相迎，亲切和蔼大方又显得节制，让刚因爬上几层楼梯而稍有些气喘的我，不仅无一丝的局促，还有些轻松与庆幸。想象一下，假如已属高龄的主人非要费老大劲儿地下几层楼来迎接，一定会让我这样的晚辈，见面之初即心生内疚的。

茅医生的客厅干净整洁。落座之后的寒暄，茅医生总是一如既往的真诚。先是有分寸的感谢，然后是对一年里政府工作的客观评价，称赞的话语也是就事论事，点到为止。其后自由谈话，难免会聊到生活中的些许不如意的事、看不惯的事，平静客观，既不激愤，也不偏执。比如，医生所住的楼房，虽名为“高知楼”，却因原本标准不高，年久失修有些破败，又因当初临山而建，坐东朝西，冬日里客厅缺少阳光。对于主管部门所做的一时尚难解决所诉困难的解释，医生一再表示理解，从不唠叨埋怨，态度诚恳，总之，是十二分地体谅他人。许是见多了因为信息不对称而产生的误解，听多了因身心渐老而脾气渐差的牢骚抱怨，相形之下，与茅医生的会面就让人不仅轻松，更近似于愉快了。

宾主言欢，喝茶本是极好的助兴环节。可惜我不太懂茶艺，也就缺了欣赏茶道表演的乐趣，茅医生每每小有失望之情。不过，常见茶的优劣我大抵是分辨得出来的。医生家的上品乌龙，顺滑的口感，甜爽的回甘，味正，且清香之气直冲脑门，开窍醒目，应是医生的每日必备。茅医生是福建人，保留地道的福建口音，熟了，我有时还调侃他的口音，离故乡工作近半个世纪，乡音无改还是一口“大胡建（福建）的普通发（话）”。他也绝不生气，浅浅一笑算是回答。许是稍稍有些耳背的缘故，他说话声音很轻，语速也较慢，还稍稍有些气短，口齿却很清晰，语言也极干净精当。

我知道，以貌取人和以貌舍人，都不是明智的事情，但茅医生，确实最符合我心目中标准的医生样子。茅医生皮肤白净，头发整齐，几绺银发点缀其间，气色不错，着装普通，却一尘不染。他有着一种无与伦比的耐心和家人般的亲切。一旦聊及逝去的半个世纪芳华，他温雅的脸就自然地舒展开了，仿佛大半世为人，顺风顺水，与坎坷绝缘，可我明知并非如此，无疑是主人豁达，当是一阵风吹过。说话间，我注意到，一盆深紫色的蝴蝶兰摆在茶几上，鲜花怒放。“能开上四五个月，如果照护得好的话。有这样漂亮的鲜花陪伴，对人生还有什么好苛责（“苛责”这词，还让我辨析了一会儿工夫才意识到的）的。”某次，因我的要求，茅医生允我参观了他的书房。见书架上除了各类的医学著作外，竟还有一些文学书籍，如《源氏物语》《卡拉马佐夫兄弟》等名著，以及各种选本的年度杂文、散文精选，这令我大感兴趣。随意抽出一册《莱蒙托夫诗选》，纸张都已泛黄，翻了翻，繁体字竖排版，空白处还有零星批注，不好意思细看批注的内容，只注意到墨迹已明显变粗变浅，应该是先生当年的笔迹。再翻看版权页，竟是1951年人民文学出版社的版本，不由得叹服。

“您要是出了新书，能否一并送我拜读呢？”陪伴在旁的茅医生的话，让我从旧书里抬起了头。“一并”两字，却让我陡然想起，去年春节来拜访他时，曾经答应过送他一本新出著作的事，当即对自己未能及时守诺脸有些发热。尽管是这样的话题，茅医生也提醒得如此含蓄自然，满脸诚恳，让人不至于太难堪，瞬间很有立刻回家拿书的冲动。

既不哗众取宠也不猥琐局促，为人行事有分寸感，还有一种推己及人的周到与体谅，实在是一种殊为可贵的礼貌与教养，很是难得。我有时会思考，老先生的风度与教养从何而来？我早知道茅医生家境殷实，又是二十世纪五十年代培养的老牌大学生，接受过良好的教育，可以想见这种沉浸在骨子里的教养和优渥生活、文化底蕴应该有关。二十世纪三十年代,鲁迅先生曾经客居广州一段时间,远离上海滩风云暂无文字仗好打,遂有闲研究休闲文化内容,比如魏晋风度。但他并不直接解释何为风度,唯谈服药、喝酒,颇涉士人的生活作风,让读者自己只能意会所谓风度。以此静观茅医生,颇有味道,年已见老,但是只要他一说话,教养总在不经意间流露出来。那是满腹诗书所漫溢出来的学者的儒雅,是淡出世俗所飘出的清逸。

但教养是否一定要与教育背景牵扯,二者间是否有因果关系?直觉好像是却又好像不尽然。最近读到作家王安忆一篇文章,纪念亦为作家的女友程乃珊,讲到有一次,程"介绍一位老裁缝替我母亲缝制几套出国的衣服,特别嘱咐师傅要用心用力,说,这可是(一位)著名的作家哦!老师傅闻言很淡定,从容回答:我又不识字,凭本分做生活。"我读到这段平实形象而生动的文字,似乎即刻从那老裁缝身上读出了"教养"两个字,尽管老裁缝本人不识字。做人讲本分,山高水长,心有定力,行为不被卑亢牵着鼻子走,说出来一口气的事情,要真正做到可不易。

老裁缝的事例也让我们见识到,教养这点小事的某种贵重价值。在我们的日常生活中,有时会见到某个衣着朴素,却极为整洁严肃的人,会忍不住心存敬意,而遇到不修边幅邋里邋遢的人,或者外表奢华内里却粗俗不堪的人,一定心生嫌恶。暗想后边这种人的私人空间,大抵也会是混乱不堪的。因为这至少说明,他们不懂得如何取悦自己,更何谈取悦别人?这样的男子即使有钱也没有尊贵可言。在著名电影《辛德勒的名单》里,你可以看到,被纳粹赶到集中营的犹太贵族女子,落魄至极,但其简单的衣饰仍是整洁干净的，即使生存在破旧的房子里，每天也要清洗头发和身体，睡觉前要把衣服整齐地叠放在枕畔。环境如此恶劣，甚至生存都是问题，她们的心灵仍旧尊贵，仪表仍旧优雅。所以让人要极端地甚至有些刻薄地说，贵族的尊贵，放在优渥的环境里并不觉得有什么稀奇，只有在逼仄局促的境遇下，才最能显现出来。孔子周游列国宣传他的儒家哲学，满怀热情未料想总不受人待见，近似于狼狈。但在其弟子子夏眼里仍不失威望："望之俨然，即之也温。"君子如玉，有教养的人确实就好像一块温润的美玉。

说远了，话题转回来。"明朝巴陵道，秋山又几重。"毕竟要与茅医生分别，在我的劝阻之下，医生在楼梯口止步，并没有坚持下楼远送。不仅如此，我还注意到，先生夫人想要送我下楼也被他悄悄地伸手拉住衣袖。我猜度或许是先生爱护夫人的身体，或许是出于礼节分寸把握上的某种考虑，总之，是不露声色地制止了夫人有可能给客人以负担感的某种客套。

下得楼来回首一望，医生老两口还在窗口目送，内心又是一热。由衷地期待茅医生健康长寿，来年再聚。到时一定践诺，不忘携上我的新著。

锻造爱国与批评的合金钢

合格的、伟大的批评者，以及对待批评者的宽容态度，是社会当下奇缺、必须拥有的资源。

——题记

我确信，对于一个国家的国民来说，表达爱国的方式可能有多种。屈原大夫不堪亡国之痛而自沉汨罗江，以身殉国，以死明志；苏武大使顶风冒雪牧羊荒原十九年，忍饥挨饿、忍辱负重，归国之志日久弥坚；“两弹元勋”邓稼先，大学毕业即隐姓埋名沙漠边陲几十年，千辛万苦为国家造出原子弹，这些都是爱国情怀的个性表达。“为什么我的眼里常含泪水，是因为我对这片土地爱得深！”这种爱国行为的社会价值，历经岁月积淀、历史考验，早已为世人所公认。

然而，并不是每一种爱国的表达方式都如此几无争议的。在生活中，有这样一种群体较为特殊，他们常因思想奇特尖锐而难以容世，常因特立独行而引人侧目。即使是面对自己深爱着的祖国，他们的批评也犹如疾风暴雨，一泻千里，毫不留情。这样一种对于自己国家的极其常态化的尖锐对立，让其他的爱国者瞠目结舌，大为困惑，甚至深感另类。美国声名显赫的知识分子诺姆·

乔姆斯基,就是这样一个典型代表。身为麻省理工学院的教授、哲学家,他的另一身份更是人尽皆知,那就是他不仅不予否认的甚至还有些得意的"政府永远的反对派"身份。他始终不渝的批评立场一生不变。比如,他抓住多个事件大做文章,嘲讽与抨击美国人最为珍视、最感自豪的民主、博爱的价值观"极其虚伪"。他几度把美国政府比作"饿狼""世界上最大的恐怖组织",令政府与官员们颜面大失。

让人颇感意外和感慨的是,乔姆斯基终其大半生的,如此严酷无情、始终不懈对于社会和政府的批评,不仅没有令自己焦头烂额、走投无路,相反却为他赢得了很高的社会声望。他曾被美国媒体评为当代全球最具影响力的 100 名公共知识分子之首,这倒反而为他的国家赢得了国际声誉。社会的主流舆论对乔姆斯基虽不无微词与质疑, 但在认可他是一名真正的爱国者问题上,倒是出奇的一致。因为是坚定的爱国者,所以是坚决的批评者。

有些吊诡、坚决、严厉的批评者,竟然可以是一名坚定的爱国者。所以有学者甚至断言"伟大的批评者往往是伟大的爱国者",读之犹如醍醐灌顶。

乔姆斯基让我们知道了,保持怀疑和批判,是公民社会的国民,尤其是知识分子的权利和天职。同时,犹如啄木鸟之于大树,乔姆斯基的存在,是一个社会能够弃恶扬善,保持健康肌体的必需。与此相较,批评者的批评意见是否正确、合理,反而是一件次要的事情。乔姆斯基发表和坚持过的许多无理荒谬的批评意见,为人诟病,比如他竭力推介的完全无政府主义的观点,几乎没有民意市场，但这一点也不妨碍他作为“爱国者”的公众认知和历史价值。他的价值在于他的“爱之深，批之切”般的批评精神和批判者姿态，而不是他的批评观点。

当然，乔姆斯基还远称不上是一名“伟大的爱国者”，因为从一定意义上来论，批评者要堪称“伟大的爱国者”，最理想的先决条件，是自身批评内容具有一定的“伟大”价值。漫无目的、不着边际的批评，甚至是别有用心、居心叵测的批评，则与伟大挨不上边，当然也不可能是“伟大的爱国者”。只有动机纯粹、态度真诚、思考深入、逻辑严密的批评才称得上“伟大”二字。因为，保持强硬而坚决的姿态并不困难，有时候跟着感觉走就可以做到，更多时候，只需要准备几句犀利、出格的言辞和一副愤世嫉俗的好胆量，就能变成一个无所畏惧的批评者。在相当的时间、空间里攒得名声和影响，更需要思考和重视的问题是：如何使自己的批评不局限于尖锐，不功利于轰动，而更具有深刻性、逻辑性和针对性，从而使公众，甚至包括自己的对手，正视这种批评，禁得起历史的考验。批评者的“伟大”，正在于批评的力量，在于可以帮助决策层警惕和规避可能存在的政策失误，也能抵消因为千夫诺诺而导致的独断和冒进，从而在不同的社会层面与领域发力，或多或少推进社会的进步。

另外，一个社会对批评的容忍力也是一个很有价值的话题，值得认真考量。尖锐的批评者能否诞生并长期存在，本身就是一个社会是否开明的评判标准。一个不断文明、进步的社会，应该拥有这样的气度，容忍各种不同的，甚至是刺耳的声音，如同大海般的胸怀，深怀慈母情怀，接受她的所有孩子，哪怕有些鲁莽，有些残疾，哪怕多么“离经叛道”，一样包容，一样值得人人由衷默默送上一份发自心底的敬意。无论我们是否愿意承认，一个无法回避的事实是：合格的尤其是伟大的批评者，以及对待批评者的宽容态度，是我们这个社会当下奇缺、必须拥有的资源。因为他们的存在，是防止一个社会整体堕落沉沦的最后一点希望。在当下这个价值多元、社会剧变的发展阶段，缺失合格的批评者、缺失对批评者的包容这两方面，后果都将会是不堪设想的。

生命胜在何处

医，仁术也。仁人君子，必笃于情。

——清·喻昌《医门法律·问病论》

一

“生命胜利了！”

上海瑞金医院重症科的医生医术高超，让一位身患重病，已“奄奄一息”的老人起死回生，恢复了健康，为此，老人的儿子、作家余华深为感激，特地撰文《生命胜利了》，并借用小说《钢铁是怎样炼成的》里“青春胜利了”的语境，发出欢呼与感慨（载于2021年第4期《收获》杂志）。这样一种发自肺腑的对于生命健康的切肤关切，在我的内心产生了极大的共鸣，用“感同身受”一词来形容，毫不过分。

我的共鸣之声，首先是因为我和余华，共有一个身份叫“作家”，当然，我无意高攀，余华是大作家，虽然他自谦地称自己是作家里的“赤脚医生”，那是因为他在与一位更大的作家鲁迅比量级。他曾经在年轻时当过牙科医生，这就与同样在东瀛学医，后来弃医从文的鲁迅先生有着非常相似的经历。于是，余华总结道："医学上鲁迅是海归，我是赤脚医生，文学上我还是赤脚医生。"这是一句很文学的话，讲得很艺术，含义够丰富，体现名家的功力，又幽默又谦虚。事实上在我看来，就文学成就而言，余华早已是公认的名医了，即使他自谦是"赤脚医生"，那也是方圆十里八乡都知晓的"赤脚医生"，是赤脚医生队伍里的"田春苗"，否则，恐怕难于解释他今天能够定居英国。大量的国际社交活动，以及英国乡村的田野风光给了他丰富的创作灵感，他的许多散文名篇皆如此。

当然，仅仅是同为作家产生的共鸣，尚不至于如此强烈，根本的原因还在于另一个出奇相似的经历：我与他，同样有一位不幸身患重病的父亲，又极其有幸地遇上了医德高尚、医术高明的上海医生，他们的妙手回春，使父亲恢复健康，得以安享晚年。

这是父亲之幸，是为儿之幸，从另一个意义上说，这是生命之胜！

二

我的父亲，是一家叫作"地方国营三桥陶瓷厂"的普通工人。这个厂规模不算大，诞生于火红的二十世纪八十年代末，生产的是比较低端的陶瓷水缸、钵头等生活日用品，工艺也不算复杂，基本就是用特殊的缸泥练泥，做成陶瓷半成品泥坯，采用蘸釉或荡釉的方法上釉，晾干后，整齐密集堆放入龙窑之中，接着封窑热烧，持续 1000℃以上高温，烧到一定火候，熄火，焖上几个时辰，然后升窑出窑启运，踢掉变形的未烧透的废品，余下的就算成品，分出几个等级，就能出厂供应市场。烧制的过程需要耗费煤和木材等大量的燃料，南方基本不产煤，那个年代物流也不发达，所以煤是稀缺品，烧窑燃料主要是柴木，好在那时山区林木茂盛，也没有现在这样的森林保护意识，所以，到几十里外的深山里采购、运输杂木树枝，就是一项必不可少的工种，一般由年轻力壮的青工担任。父亲就是在某次这样的拉车运木过程中出的事故。山高路窄坡陡，父亲拉的双轮车装的木柴大大超重，遂在下坡时形成加速度溜坡，即使车后的工友拼命拉住缆绳，依然无法控制下冲的车速，车前紧拽着车把的父亲被大车生生地顶到了沟底，半天动弹不得——事后经拍照检查，系胸腰椎压缩性骨折。

县医院的条件实在有限，面对这样伤及椎骨的重病，完全一筹莫展。这相当于给年轻的父亲判了死刑：极有可能的后果是，父亲的大半辈子，会瘫痪在床，生活不能自理。工厂因此已在着手给父亲办理工伤残疾证。对于我们这个家来说，这事犹如晴天霹雳般，击倒了我那原本热情开朗的母亲，膝下孩子尚小，母亲为此整天愁眉不展。

实在是天无绝人之路，苍天开眼，由上海第二医学院附属第九人民医院医生组成的医疗队，响应党的号召，下乡巡回医疗，为工人农民服务，恰好来到父亲厂子所在的小集镇（那时还叫公社）卫生院。医疗队本由内科医生组成，专为治疗血丝虫病（俗称“大肚子病”）而来，我父亲不由分说找上门去求助，实在是病急乱投医。万幸，他遇到了生命中的贵人黄文义医生。

黄医生不仅没有因专业所限而直接回绝父亲的要求，反而极其耐心地、反复地审看着 X 光片子，甚至还慎重地走出屋子，将片子举在头顶，在蓝天的反衬下，细细端详、思考着，然后进屋，沉稳的语气，一字一顿地说出一句不啻石破天惊的话：“张师傅，您的骨伤应该可以动手术治好的。”作家李娟说过“世界上最强烈的希望就是一线希望”(《善于到来的人和善于离别的人》)，对于我父亲来说，我敢说，特定时候的一线希望，不仅是强烈的希望，也恰是全部的希望。

我还相信，黄医生说出这句话的时候是经过深思熟虑的，他显然已经在一片消极的因素里发现了某种积极的信号，即使这个积极的信号异常微弱，或可能存在某种程度的风险，但是他既细心又专业地捕捉到了这一点轻微信号，而且大胆地提出了自己的独特见解。当然，黄医生处事也很谨慎周到，他承诺回上海后会另请外科专家会诊。他确实没有食言，回上海后不久，就特意赶到上海第一人民医院，找到外科权威刘广杰医生，恳请他仔细审片后，拍板敲定救治方案，不仅如此，他又争取到同院的另一位权威的外科医生毛文贤亲自主刀。事后的一切证明，正是得益于黄文义、刘广杰、毛文贤等医生的接力协作，通过精准的会诊和手术治疗，最终一个原本微弱的积极信号放大，打败了那一堆嚣张的、令人绝望的消极因素。

手术进行了差不多八个小时，首先需要从骨盆切割下一块直骨，再连接到那骨折的背椎骨上。毛文贤医生全程主持，就这么弯腰站着做手术，没有休息的时间。“医生太不简单了，特别是外科医生，(手术时)精神要高度集中，动作要极其敏捷精准，单是那么一动不动地站几个小时，一般人也绝对吃不消的。”事后，母亲无数次向人发出过这样的感慨。手术室的过程家属当然无从知道细节，但手术的高难程度与强度，却是一刻不离地守在门外，异常焦虑的母亲可以感知的，母亲后来回忆说，自己几乎一分一秒地数着时间的。我对她的话深信不疑，因为她真实可感，绝对可以想象复原。

父亲做这场惊天动地的大手术时，我刚读一年级，少不更事。除了突然被告知爸妈要出差上海一段时间，很不情愿地被临时转学到乡下村小读书，由外婆照看外，我无从体验这一惊心动魄的家庭变故。若干年后，才渐渐明白，遇到毛医生这样的上海名医，对父亲，对我，对我们全家，都意味着什么？成年后我下意识地对外科医生有着某种天然的敬重感，甚至对陈中伟院士和“断臂移植”这种陌生的名词、概念，以及新闻都极其敏感，充满了莫名其妙的兴趣。

我曾经认真地问父亲：“当年如此贸然找上海医生就医，尤其是手术非常成功，理应好好地酬谢一下人家的，那么，您是否送过贵重的礼金礼品呢？”父亲闻听这话，神色严肃，不无责怪地说：“你怎么可以这样看人家呢？毛医生他们可都是正人君子！再说，依当年的条件，又哪里拿得出啥贵重的东西？”父亲这话说得我哑口无言，自觉失言。过了好一会儿，父亲情绪平静下来，缓缓说道：“我不是不知道感恩的人，也不止一次地想过如何感谢一下人家。黄医生挺和善的一个人，但一听到我有这样的想法，立刻变得一句话也不愿多说了，毛医生也同样，手术后，我们一直想着如何表达一下心意，却一直想不出好的办法，直到有一天，你妈妈无意间从护士聊天中得知，毛医生平常吃得清淡，好像只喜欢吃点大闸蟹，就千方百计打听到毛医生的家庭住址。这让我喜出望外，因为在我们乡下，大闸蟹很容易买到，而且那时，大闸蟹的身份还没那么高贵。于是我特意提了数十斤大闸蟹，敲开了毛医生的家门。没想到毛医生坚决不受，推来推去好多回，这才勉强收下了，还特意悄悄地交代夫人出门去，买来一铁盒大白兔奶糖回赠我，让我们很不好意思，因为论价值，这用漂亮铁盒包装的奶糖，可大大超过我买的网兜里的这几只螃蟹了，这也是我从此以后再也不敢给他送礼的原因”。

“不仅如此，还有让我们特别意外的事，过了一个月左右，我忽然收到毛医生的一封信，信里除了关照我注意休息以外，竟夹了二十斤全国粮票，实在让我们感动得不行。要知道，在那个物资匮乏、供给计划的年代，全国粮票可是个宝贝啊！这份情义，真是怎么形容都不过分啊！”

岁月如梭，近半个世纪过去了，父亲还珍藏着刘广杰医生写给黄文义医生的确定医疗方案的便条，以及上海第九人民医院的病历（病例的背面，还写着毛文贤医生位于上海建国西路358弄的家庭住址）、票据，令我很意外，也平添一份感动。翻看着那些已经发暗发黄、有着明显时代特征的纸条，我看到了一份医者与患者之间真实可感的浓浓情谊，也分明感受到由此折射出来的无形却实在的医德。“良医处世，不矜名，不计利，此其立德；挽回造化，立起沉疴，此其立功也。”（清·叶桂《临证指南医案·华序》）

我父亲今年已八十有五了，身体虽称不上硬朗，却总体健康，尤其腰上的伤痛从没有复发而折磨过他。退休以后，他迁居乡下老家,空余时间侍弄起屋旁的一块菜地来,弯腰劳作是每天的必修课,他因此越来越频繁地感叹起他健康的腰来,然后会不厌其烦地回忆他在上海治病的陈年往事,念叨毛医生他们的好。父亲为人正直,遇事换位思考,体谅他人的难处,所以人缘不错,但凡得人夸奖,他总是说:“我也得到别人的好,所以,出手帮帮别人是应该的。” 我想很大概率是因为这一场大病与救治的经历,大大地影响了父亲的人生观,我因此还有把握确认,黄医生他们,客观上就成了父亲为人的标尺。

从这个意义上说,行医就是在立德行德,受医大致就是在受洗礼。

三

“医之为道大矣,医之为任重矣。”(清·喻昌《医门法律·自序》)这就是医生的价值,这就是一个优秀医生的价值。在与病魔的博弈中,生命得以胜利,仰仗的首先是一名优秀医师的敏锐和积极的态度。我觉得敏锐是医术,积极是医德,也是医者的一种人生态度。于医师而言,对待病人,积极的人生态度与高超的医术同样重要,因为治病本身就是积极的行为。著名的妇产科专家林巧稚医生曾说过:医生看病不是修理机器,医生不能做纯技术专家。几十年前,一批见习医师到北京协和医院妇产科实习,林巧稚医生要求每人完成 10 例产妇分娩全过程的观察,并写出病案。林巧稚医生仔细审读病案,吝啬地只给一名学生的作业打了高分,其余全部退回要求重做。大家将自己的作业与获得好评的作业对照之后发现，那位同学的病案记录上只是多写了一句话：“产妇的额头上冒出了豆粒大的汗珠。”显然在林巧稚心目中，这寥寥数字，闪耀着人文精神的光芒，一位能看到患者“汗珠”的医生，必定有一颗悲天悯人的仁心。林巧稚从来是如此严格要求学生的，同时也是一贯以身作则身体力行的，在她的行医生涯中，她总是坚持到病人床边做面对面的工作，摸摸病人的额头，擦擦病人的汗珠，掖掖病人的被角。产妇每一声不寻常的呻吟，都会引起她的深切关注。她的技术和言行，为“医者仁心，此乃医学之魂”做了最好的注解。

医术与医道，同样也是文学所关注与描写的领域，我由此想到了一位我敬重的作家毕淑敏。与文坛某些眼角、笔尖只留有个人的一点点东西的作家相比，毕淑敏的格局是宽阔的，她的小说与散文，常常涉足于医疗类的题材，且贵在以自己的创作关注并维护人的尊严与价值。当她在她的小说《预约死亡》里，用深沉又不乏热情的笔触为我们展现了某一类临终关怀医院的真实图景时，我们看到的不仅是一幅幅濒临死亡的画面，更是死亡背后所蕴含的人道精神和人性之美。死亡，并不是什么哲学命题，而是人人不可回避的客观结局，如同生一样令人无法抗拒，尽管国人向来忌讳甚至拒绝谈论死亡，不过，人类可以选择更为文明进步的死亡方式，缓释或者消除死亡时精神上的恐惧与肉体上的痛苦，让他们保持着人的尊严平静地迈向死亡。

在作品中，作者以一个医生的视角，为读者客观描述了一条生命真实的死亡过程，令读者真切感知到生命的脆弱与可贵。同时，作品更以严谨客观的态度，为我们塑造了一组充满爱心、为维护人的尊严而尽心竭力的人物形象，如认真负责、富有事业心的医院院长，后悔选错职业却又尽心尽责的齐大夫，在肮脏与死亡的映衬下绽放出生命美丽与优雅之花的护理员小白……正是他们，精心卫护着一个个垂死者，把人道精神之光照射到个体生命的临终舞台。“医，仁术也。仁人君子，必笃于情。”对他人的爱护与关心，也是对自身价值与尊严的肯定，更是对人的生命的超越。由此也令这部小说充满了张力，刚柔兼具，细腻的描绘与恣意纵横的议论、柔美缠绵的故事片段与气势不凡的整体构思，显示了作家宽广的人道胸怀和细致入微的写作功力。

这已然是一种升华了，聚焦于生命主题，发轫于严谨的医学领域，借助于文学丰富的表现手段。

文学与医学，原来就这样客观地、必然地发生着密切的关系，尽管有别于文学与艺术之关系，可以借助艺术书法，来描画和塑造出自然物件或实在或虚拟的轮廓，以及相互间的渗透与注解，却同样可以互为作用与影响。余华的文章里，因此也直接论述了这个有趣的话题：“我想两者有一个共同点，都是有关疾病与健康、生与死。文学作品描写了无数的疾病与健康，无数的生与死，医学面对的也是这些。当然文学是虚构的，医学是真实的。法国作家、思想家罗兰·巴特在母亲去世后写下这样一句话：我失去的不是一个形象，而是一个活生生的人。我想这就是作家与医师的区别，作家面对的是一个个形象，医师面对的是一个个活生生的人。”

我认为，除了触及生命课题以外，医学与文学间还有另一个共同点，就是都能够传递人文关怀，传递与倡导某种程度的温情与三观。人们常说文学是人学。什么是人学？简单说就是对人的理解，或者说对人的解读。在这个意义上，医学也是人学，而且是活生生的人学，医学的核心在于“人道”。人，既是理性动物，更是情感动物，有人说，没有情感，医学是苍白的，没有人文，技术是贫血的。外科医生常常以被尊称为“一把刀”而倍感荣耀，但没有人文精神浸润的手术刀，就是一把缺乏人性温度的冷冰冰的刀。世界经典医学名著《希氏内科学》开篇之章就是“医学的社会和伦理学问题”，在序言中这样强调：“医学是一门需要博学的人道主义职业。”

人文素养应是医生的基本素养，尊重生命则是医生的第一医德，人道精神与人性之美，是理想的医疗呈现给世界的灿烂之花。如果一名医生只满足于“药到病除”而自视甚高，其诊疗过程缺乏人文关怀、心灵抚慰，那么与维修工又有何异？加拿大医生白求恩曾说：“在我的手术刀下，绝不会有任何病人被漠不关心地认为是一个生物，手术不是单纯的技术上的问题。”医者治病，与死神搏斗，救人生命于危急时，确实完全配得上说是生命的胜利，而医者若能在医疗中，传递关怀，甚至人文精神，那就是患者精神意义上的生命胜利，是更为难能可贵的胜利。

不能不承认，尽管现代医学飞速发展，但有许多疾病还是无法根治的。因此，医生能够给予病人的，除了必需的治疗，还有更多的安慰和帮助。就像美国著名医生爱德华·利文斯通·特鲁多的墓志铭写的那样：“有时去治愈，常常去帮助，总是去安慰。”

四

岁月绵长，人敬善者！

不知道黄文义、刘广杰、毛文贤等几位上海医生是否还健在？按父亲的年龄推算，如果健在，应该也都接近于或已经是百岁老人了。那么，我要衷心祝福几位医界老人健康长寿，还能造福社会！如果不幸已经离开了我们，我希望天堂也充满人道与快乐！

——以一个受益者的名义，更是以一个公民的名义。

学会有“教养”地应对被怀疑

《人民日报》《学会有教养地怀疑》一文(2017 年 3 月 21 日九版),主张读书时“不明白、说不清、有疑问的可以先放一放,仔细思量后再发表意见也不迟”。不轻率发表意见,有的放矢,考虑成熟再发声,本来就是常识,然而真正做到却似乎也不易。南宋教育家陆九渊“读书切戒在慌忙,涵泳工夫兴味长”,就是聚焦这个话题,而且其说理重点还在后两句,“未晓不妨权放过,切身须要急思量”,说的就是这样的道理。

事实上在我看来,“戒慌忙、切思量”的道理也岂限于读书领域呢?

有怀疑,自然就有被怀疑的对象,由此我想到事情的另一面,那就是,被怀疑者,面对他人怀疑时的应对态度,似乎更体现一个人的教养。

这当然关键在于,与怀疑者相较,被怀疑者首先处于一种被动应付状态。怀疑者先站在说理的制高点上,预先准备角度力度,先发制人、先声夺人,可以排山倒海,气势如虹,而被怀疑者,则完全不具备这种优势,处于守势,仓促应战,不及细考,甚至猝不及防,狼狈上马,特别容易忙中出错,应对失措。这个时候,正是“教养”可以大显身手之时。

在战功卓著、德高望重的老将廉颇面前，文官蔺相如就是个明显弱势的被怀疑者。只是因为从“完璧归赵”到“渑池之会”，蔺相如表现出色，官拜上卿，越级于武将廉颇之上，老将军因此很不服气：老夫我戎马一生，身经百战，可谓攻无不克，战无不胜，立下许多大功，你蔺相如何德何能，单凭三寸不烂之舌，竟爬到我头上去了。于是乎，廉颇起意要寻机羞辱一下蔺相如，让他个下不了台！这话传到蔺相如耳朵里，蔺相如就请病假不上朝，避为上计，以免跟廉颇正面冲突。

有一天，蔺相如坐车出去，远远看见廉颇骑着高头大马过来了，他赶紧叫车夫把车往回赶。手下人旁观后气有不顺，觉得蔺相如官为上卿，没有必要见了廉颇有如老鼠见猫似的。蔺相如遂耐心解释道：诸位请想一想，凶狠如秦王我尚且不怕，难道还会怕廉将军吗？大家知道，秦王不敢进攻我们赵国，就因为武有廉颇，文有蔺相如，如果我们俩闹不和，就会削弱赵国的力量，秦国就有可乘之机，必然趁机来打我们。我所以避着廉将军，为的是我们赵国啊！

蔺相如的话传到了廉颇的耳朵里，令廉颇很是触动，他静下心来想，觉得自己为了争一口气，就不顾国家的利益，实在不应该。于是，廉颇脱下战袍，背上荆条，到蔺相如门上请罪。蔺相如见廉颇来负荆请罪，连忙热情地出来迎接，好言抚慰。从此两人冰释前嫌，文武同心，协力保国，此为著名的“将相和”故事。

蔺相如忍辱负重、深明大义的言行举止，是一名被怀疑者在受疑时教科书式的表现，是“有教养”的生动注脚。蔺相如自然懂得，人立身于世，被怀疑，其实是一种常态的道理，而且他还懂得，什么是出离意气用事式的非理性思辨的偏见，以及冲动、偏激的表达。

所谓“有教养”，我的理解，就是遇事处理有理、有节、有责任心，如康德所说，“要有勇气运用你自己的理智”。重事实，讲逻辑，善于坚持自己的观点，是为有理；重情义，讲分寸，能换位思考、推己及人、体谅他人，是为有节；守底线，有担当，对自己的一言一行负责，是为有责任心。唯有如此，方可称作“有教养”。

有教养的应对被怀疑，这既是自身涵养的体现，也是对他人的一种尊重。让怀疑者在有怀疑失误时，能够在积极引导下体面地、有教养地下台阶，也是被怀疑者一种了不起的教养。

记得少年时拜读英国作家简·奥斯汀小说的某个情节：幽深的庄园里，一位仆人无端被指责，一怒之下冲到主人的房间，朝着不明就里的女主人大发脾气。女主人完全不知内情，无法解释清楚，一时目瞪口呆，气得浑身发抖，却到底也没有说出那句很容易冲口而出的“滚出去”，沉默半晌，却只是愤愤地说出一句“我希望独自一人待一会儿”，算是表达了自己的极端愤怒与不齿。仆人一通情绪发泄完毕，才骤然醒悟错怪了主人，尤其想到主人的宽容，越发心生感激之情。这大概就是所谓贵族，懂得维护自己的尊严，并且懂得尊重别人的尊严。情绪上来，张口就骂，抬手就打，是缺乏教养的表现。

“尽信书则不如无书”“读书无疑者，须教有疑”“怀疑有如草木之牙，从真理之根萌生”……从小到大，我们读书做学问，常常听到“要学会怀疑”。

“工夫兴味长。”不慌不忙之时，读到不明处、违背常理处，自然就要留个心眼。做学问也是一样，不迷信权威，比照多方资料，严谨求证，这些方法不知被老师耳提面命了多少回，早已烂熟于心。

怀疑，有时给人的感觉又很难。互联网时代，搜索一个知识点，常会冒出好几种截然不同的答案。何止是读书做学问，几乎每隔一段时间，网络上总会爆发一场“口水战”，吸引不少人围观甚至参战。浏览热门新闻尤其是争议事件的网友评论，辩驳、对骂直至上升到人身攻击，都不稀奇。除了那些永远分不清是非真假的娱乐八卦，争论内容更多是和食品安全、健康养生、伦理道德、生活理念等相关，观点五花八门，真相扑朔迷离。

这个时候，我们该怀疑什么，又该相信什么呢？

对于当今的年轻人来说，保持怀疑态度，似乎并不是件难事。很多年轻人更是敢于说不：我不喜欢、我不赞同、我不接受。但问题的另一面是，面对纷繁复杂的社会，你不喜欢、不赞同、不接受的，有没有可能其实就是真相呢？

两会期间，一位全国政协委员关于“在家教育”的言论引起争议。原来，现在的一些家长，因为种种原因，对九年义务教育说不，选择让孩子在家或者送到所谓“私塾”接受教育。这种不适合绝大多数家庭的行为，受到不少人的盲目追捧。这位委员从法律常识和教育规律的角度分析并提出，任何“国学”“读经”“私塾”或各类外语、才艺、武术培训机构及个人，不得举办任何形式的取代义务教育的学校。

就是这样一个好建议，在网络上遭到了很多人的反对，“家长有为自己孩子选择教育方式的自由”“国内教育质量差，只能在家学”“美国就可以自由选择在家上学”。这时候，你又该相信谁呢？答案其实很简单，带着疑问，翻翻法律文件、看看教育书籍、问问周围师友、查查国外真实情况，也就有了自己的判断。

“怀疑一切与信任一切是同样的错误。”因此，我们的怀疑，应该是一种“有教养”的怀疑。

什么是“警觉的阅读”

一

小说家毕飞宇先生在他的专栏文章中坚称自己“一点都不喜欢林冲”（见 2016 年 3 月 4 日《文汇报》“笔会”《林冲夜奔与小说逻辑》文）。我对此并不感吃惊，只是心生一点好奇，因为人各有所好是常态。而在梁山猎猎 108 面英雄好汉的旌旗中，我个人倒是相对比较喜欢豹子头林冲的。

我喜欢林冲，原因很简单：喜欢他既武艺压身、出类拔萃，又低调隐忍，总是谋势而动后发制人的性格。你看他连次次疆场厮杀，都一派谦谦君子风范。骑一匹轩昂白马，使一杆锋利长矛，潇洒之至，策马上阵，通常先让对手一招，待至交手，出手利落，不是直刺对手于马鞍上，便是“轻舒猿臂”，生生将人活捉过来。从不来阴的如使拖刀计什么的，更不暗箭伤人。

> 谁念万里关山，征夫僵立，缟带占旗脚。色映戈矛，光摇剑戟，杀气横戌幕。貔虎豪雄，偏裨真勇，非与谈兵略。须一醉，看取碧空寥廓。

这篇词章，名《百字令·雪》，本是元代完颜亮所作。我一直熟读能诵，总觉得其意境最契合那个风雪夜奔的、寂寞的八十万禁军教头的形象。

二

毕飞宇应该是从社会学的角度来界定梁山英雄林冲的个人属性，而得出不喜欢他的结论来的。确实，和一介莽夫李逵等相比，林冲的个性特质要复杂得多。我认为最根本的差异在于，林冲的内心始终压抑纠结，始终要掩饰着什么，他一直没能也不敢做他本真的自己，他始终处在两难之中，直退到退无可退的境地为止。因为纠结，他的心中积压了太多的负能量，所以，就人物特质而言，林冲不是一个正常人，是相对畸形、比较变态的，借用金圣叹的说法："林冲是上上人物，写得只是太狠。看他算得到，熬得住，把得牢，做得彻，都使人怕。"都"使人怕"了，哪里还谈得上"喜欢"？

不过，话又分两头说，就艺术创作的技巧性而言，毕飞宇又显然认同施耐庵对林冲这个角色塑造的成功，而这，恰恰是难度极高的："在《水浒传》里，最难写的其实就是林冲（及李逵）"，因为它很考验"一个作家的积累、社会认知、内心的深度和复杂性，它考验的是收的能力"。这样的评语，甚至不限于一般的认同，而近于激赏了。毕飞宇于是列举《水浒传》中较出名的"火烧草料场"一章里加以诠释。

林冲意外地旁听得知了自己蒙冤真相，一怒之下，挥刀将陆虞侯等几个仇人送上了西天，终于把自己逼上了绝境。“事到如此，除了自我了断，林冲其实只剩下上梁山这一条道可以走了。”这样的情节推进是很自然的，符合一般读者的阅读逻辑，故事也会很紧凑完整，小说的气韵也同样够得上生动。但是，施耐庵没这么写，反而耐人寻味地安排了这么一段文字——

> （林冲）将尖刀插了，将三个人的头发结做一处，提入庙里来，都摆在山神面前供桌上，再穿了白布衫，系了胳膊，把毡笠子戴上，将葫芦里冷酒都吃尽了。被与葫芦都丢了不要，提了枪，便出庙门东头去。

这一段写得真是好，那么从容，细致入微，画面感十足。豪气冲天，却又不失冷静，是林教头特有的、令人窒息的冷静。虽然处在激情之中，一连杀了三个人，却完全不失其冷静，穿布衫系胳膊戴毡帽，有条不紊地，足已证明他内心一点都没有乱，甚至在他扔掉酒葫芦之前，他甚至还没有遗忘那点残余的冷酒。这样的林冲，确实太可怕了。

这段文字中的每句话无疑都不可或缺，但毕飞宇提醒我们，“提了枪，便出庙门东头去”一句最不该忽略，甚至断言，一个不会读小说的人是体会不到这句话的妙处的。林冲为什么要向东走？道理很简单，草料场在城东。如果向西走，是进城方向，再进城，这不等于自投罗网吗？

小说到了这样的地步，与其说是施耐庵凭想象安排了林冲的走向，毋宁说是施耐庵不由自主地跟着林教头往前走。由此，毕飞宇才感慨地说道:“小说写到作者都无法改变的地步，作者会很舒服的。”

我们说,现实主义作品往往都离不开它的批判性,如果我们在这个地方来审视一下所谓的“批判性”的话,施耐庵在林冲这个称得上“尿”的人物身上,完成了对现实社会无情批判的大手笔。施耐庵笔下的林冲,其文学价值实在不可小视。

我之所以照搬这个小说细节,以及引述毕飞宇的部分评点,是为足证阅读绝非一时一地、一蹴而就之事,完全可以,也应该既落细落实在字里行间。事实上,伴随时光的流逝,随着我们生命体验的不断更新,阅读视野的不断开阔,文本里掩藏或浅或深的所有宝藏,都会在我们持之以恒的重读中,渐次打开,展示它的美妙。事实上,越是高明的作者,越是会出离直白与浅薄,将独特的观点和精彩埋藏很深很巧,而且不忘记在他们的作品中,预设一道道机关与障碍,当然也不忘记暗藏提示的钥匙,引导聪明的读者一步步越过障碍,直捣龙宫。“哦,原来宝贝藏在这儿呢!”——当你发出这样的惊喜感叹时，你的阅读快感一定会是由衷的、恒久的。

三

阅读的过程,事实上也是解疑释惑的过程,所以也需要真正能够解疑释惑的读法。疑,有时是作者无意的失误,但在一些优秀的作品里,更多时候却是作者有意的伏笔,就看你是不是同样是一位执着又高明的读者,善于在自己的反复迂回、纵横交错的私人阅读中,获得一种"以读攻读"的快感。因此我个人比较反感常被人用来形容读书形态的“涉猎”一词,总感觉它透着一种随意与轻薄。我也相信,阅读的行动如攻城战役一般艰难!一部好书,犹如一座古城,四四方方,很坚固。是城即都有城门。东西南北四道城门,城墙高筑,城门厚实,城池宽深,城是牢固的。要想攻进城,必须寻找突破口,这就是谋略,需要部署、调动、斡旋、强攻、破袭、鏖战……要善于寻找某一道防守相对薄弱的城门,伺机突破。久攻不下,或铩羽而归,是常有的事。但一门既破,即意味着全城失守。攻进城去就是胜利。所以,越是坚固的城池被攻破,进攻者的攻城略地的成就感就越是强。

我在重读卢梭的《瓦尔登湖》期间,没对充斥全书的湖光山色的精心描绘有半点兴奋,反被书中一句话吸引,产生不小共鸣:“真正的阅读不是那种让更高贵的感官一直沉睡的阅读,而是必须踮起脚尖、用我们最警觉和清醒的时间去进行的阅读。”其中“警觉的阅读”的说法很是特别,激起了我的兴趣,也引发了我的阅读警觉。

我的痛点是世道人心

——随笔集《世道人心入梦》跋

一

我对文学与写作的爱好，是自1978年我幸运地考上大学，又懵懵懂懂进了中文系，才一点一滴、日积月累逐渐培养起来的，并有意无意地保留至今。回想当年时光，不仅我，几乎所有同学，都刚从文学荒漠中走出，所以在校求学期间，我如饿虎扑食般地生吞活剥了所有能搜到的书籍。这中间，主要为文学类书籍，又渐渐开始有了一点所谓文学创作的冲动与尝试，先在学生会办的油印刊物上练笔，继而名字出现在铅印的校刊上，觉得有了一点进步很是高兴，但直到临毕业不久，才零星地开始在报刊角落里发表一些小文章，算是真正走上创作之路。记得我的勉强可算是散文的处女作，发表在1981年第9期《黑龙江艺术》杂志上，收到遥远他乡寄来的样刊，我不知道兴奋地翻看了多少遍，之后兴趣保持如一，直到多年以后很荣幸地应邀在地方报纸上开设专栏，成为所谓“专栏作家”。不过，尽管对于自己的作家身份自此有了一点自信，但若被询问有哪些有一定量级的文学作品，我还是有些愧惶的。

现在整理回顾旧作，影响较大，传播较广，在写作前深有感触,写作后又意外于有一些较强反响的文章,散文《每次醒来,你都不在》可能算是一篇。

二

《每次醒来,你都不在》,题目看似暧昧,内容实则沉重不已。其实题目原本也是顺手拈来的。我在一个很偶然的机会读到一家报纸副刊上的一篇文章,作者以纯写实的笔法,记叙了一位在工作就业、家庭生活,以及处世为人诸方面处处碰壁的普通人的故事。文章不长,可谓惜字如金,然内容悲催,气氛压抑。我在对故事的主人公的挫折人生深感同情之余, 内心又深深纠结于人生何难,如此难以驾驭,甚至连稍稍加以捉摸、大致予以把握都实属不易!不由想起鲁迅晚年曾给一位青年回信,信上"人生实在痛苦"六字力透纸背,感到痛从心来,纠结百转。悲伤之下,未及细考,匆匆下笔,写了一段文字,感叹人生之艰难苦痛,似乎议论不多,当然也算不上深刻,只是直抒胸臆而已,完稿后为取题目纠结了下,突然想到索性照搬原题。

文章先后在博客和报刊发表后,不承想引起许多人的共鸣。首先是有多家报刊予以转载, 之后还在更多陌生朋友的博客上转载,引发了一些讨论。我曾接到数位朋友的电话,被告知在万米高空的航行中读到了东航刊物转载的《每次醒来,你都不在》,而且称一读之下受到感染,令他们的旅途不再轻松愉快。这倒让我喜忧参半,既因影响人愉快旅程而心生一分不安,又伴生一分因为自己的文章引起共鸣的意外快感。

我的博客数这篇文章的点击率最高，博友们也留下了许多的脚印，有许多留言比我的文字还有见解。且摘录一小部分：

每次看到这个题目，都有心痛得近乎心悸的感觉，短短八个字却有如此冲击力，是源于我们对于失去身边硕果仅存的美好事物的极端恐惧吧！ ——新浪网友

看余华《兄弟》时也有这种感受，心里难受得喘不过气来。悲情人生，丰富生命。回头看一切都是那么美。

——老马途欢

昨天在飞机上东方航空的杂志上读到这篇文章，今天又在家里电脑上再搜索来看一次，故事很感人，语句很有哲理。人生悲凉不好言说，几乎痛不欲生，太需要自珍自重了。

—小菲的世界

我保留着这些留言许久，一遍遍地品读回味，某一天我骤然明白：这篇文章之所以受关注，不是因为我写得质量如何好，而只是因为它不经意间，触及了一个重大敏感的话题，那就是：世道人心！

三

龙应台说过："一个社会缺乏历史感的时候，你会对你身边的人漠视、不认识，因而不珍惜。你对你父母、祖父母辈的历史没有兴趣，因为至今的无知。因为无知，所以不知道珍惜。等到你稍

微有一点了解的时候,生命的结构就刚好是他走的时候。”我认同这段话,也无奈地接受这个观点,因为它道出了人生的残酷性,也从一个侧面强调了所有被称识文断字的知识分子的一份责任!

“人世有多么复杂,人生有多么曲折,人心有多么幽微,有时候我们自己并不知道。”所以,米兰·昆德拉说:“优秀的小说告诉人们,生活与你想象的不一样。”文学要如实告诉人们真相,这种使命,其实何止小说这一种体裁如此?

我认为,一个有良知的知识分子,不管其具备“良知”的程度如何,都有一份责任,以自己朴素真诚的写作和为人为基础,来做一点思想播撒,或观念批判和问题揭示等这样有意义的工作,进而成为这个大变革时代中、社会肌体中一种反思性、营养性微量元素,借此一定程度地实现和体现自己的人生价值。一生无非一念,凡圣皆在一念之间!所有人的归宿都只有一个,而其间的岁月应该如何安度?思想何处是归路?该如何在漫漫的岁月长河中印证生命的分量?茶凉水暖,理当还得要各人自己去实践、去体会。在一个消费主义盛行的时代,一个文化人,或者说一个知识分子究竟还有怎样的市场?这很值得一问。“莫将三寸鸡毛笔,便做擎天柱地看。”这话原本是清代赵翼提醒他的同时代文人听的,其言外之意何等的沉痛和无奈!但是不放弃三寸笔的人生责任,同样也是知识分子在特定环境下的文化意义和生存智慧,因为,知识分子不应该也不可能跻身为“沉默的大多数”。人生不易,与痛为伴。我想,痛之所以为痛,不仅在于痛本身,更多的是源于痛者的孤独。在一汪暗流涌动的痛楚江河里,知识分子更有理由做“春江水暖”的先知“鸭”，理应对现实问题先察先判，先呼先行，特定的情形之下，甚至不惜成本不计代价。这种清醒的责任意识和所怀有的道德品质，注定了知识分子必定是滚滚红尘里的一个负重独行的精神行者。

人文精神的核心，是将人视为终极目的的，所以我们理当尊重每个人的人格与尊严。一个对民族与国家具有深沉的忧患情怀的作家，一个持之以恒抒写民族苦难，敢于面对和撕裂自己灵魂的人，他的历史书写，可能未必能做到惊天动地，荡气回肠，却可以肯定能成为安抚这个社会中一部分人的不安灵魂的良药。

著名学者王元化说过他喜欢十九世纪的俄罗斯文学。因为这个时期的文学，处处都渗透着人的真情实感，对人的命运的关心，对人的精神生活的注重，对人的美好情感的肯定。我庆幸与他有着相似的文学爱好，喜欢卜九世纪的中国与世界文学，尤其是十九世纪俄罗斯文学，虽然我不完全认同王元化“处处都”这样的绝对化表述。常言道：喜欢是不需要理由的！而我的喜欢却分明是有着具体和鲜明的理由的。我喜欢这个时期以托尔斯泰、车尔尼雪夫斯基等为代表的俄罗斯作家们，溢满了对民族的充沛感情，真切表达对民族命运的深刻担忧和深切期许。

“奋不顾身前，我是知道结局的”

一

偶尔读到一首短诗，仅仅三行文字，竟让人怦然心动，过目不忘。细细品味，实在意蕴生动，有石破天惊之奇：

飞蛾对灯火说的话
我想对你再说一次
奋不顾身前，我是知道结局的。

忘了是在哪里读到的，似乎是某家报刊的所谓“三行情书”征文的应征作品，尤其还不该忘了作者是谁，似乎也不是太著名，但是面对如此动人的诗句，这又有什么关系呢？

二

中国早有“牛郎织女七夕相会”这类美丽而又不无凄惨的传说，它已成为历代文人根深蒂固的某种情结，成为他们的爱情审美价值观，以及在其观念中，对此乐此不疲的“将痛苦撕裂开来给人看”的悲剧美的表现理念与呈现方式。翻阅一部中国文学史,从焦仲卿与刘兰芝,爱情梦断有如“孔雀东南飞”,到梁山伯与祝英台,爱情被“化蝶”仙逝,再到白娘子与许仙,他们的爱情为“断桥”阻隔,以及那部让林黛玉、贾宝玉唱主角的,史诗缩影般再现千年封建社会人文历史的煌煌巨著《红楼梦》,所有的被浓墨重彩描绘和深情歌咏的所谓爱情,虽然最终无一幸免地以不幸悲剧收场,却始终痴情缠绵,始终浓烈执着,因之也就始终愁肠百结,话题如滔滔江河,川流不息。

犹如飞蛾扑火!

飞蛾扑火,注定结果可悲,归结起来无非一个字:死!“飞蛾扑火”这个词,因此而常顺理成章地被用来形容不自量力的动机与行为。然而,飞蛾之出名、被称道,也正在于这一“扑”。

飞蛾扑火,哪怕早知结局,照样奋力一“扑”。

这叫慷慨赴死,也叫万死不辞。

三

二十世纪四十年代,林徽因与梁思成相恋成婚,轰动一时。这被誉为天造地设般的绝配爱情,几乎让所有知情与听闻传言的人羡慕称道,为之祝福。谁能料到,即使此时,还有人横刀夺爱,那就是著名的逻辑学家金岳霖先生,连他自己也记不清,是在什么时候默默地、深深地爱上了林徽因。不仅如此,他还十分自信自负,朋友面前也并不刻意掩饰自己的爱慕之意,弄得司马昭之心路人皆知,显得逻辑学家很不讲逻辑。当然,金岳霖终究还有些绅士风度,枝节只生在精神上,并没有行出格之事。那处于尴尬境地的梁思成呢,同样绅士十足,不仅不憎恨金岳霖,反而充分顾及林徽因的感受,朋友般平和友好相待金岳霖,直到曲终人散为止。

林徽因去世多年后的某一天, 金岳霖的至交好友们被他郑重其事地邀请至北京饭店赴宴,因为事前未交代宴请缘由,大家都为老夫子极为难得的请客感到莫名其妙。金岳霖也卖着关子,直到开席前才告知大家请客的理由:“今天是徽因的生日! ”顿时,恍然大悟,举座默然,由欢入悲,一时感叹唏嘘不已(汪曾祺《金岳霖先生》)。金岳霖自己也留有这样直白回忆称颂林徽因的文字:“林徽因仍然是那么迷人、活泼、富有表情和光彩照人……”(《1938 年 3 月金岳霖致费正清费慰梅的信》)。金岳霖先生终生未娶,最终活到八十岁去世,还是梁思成的儿女为他送的终。后来有人评金岳霖的一生是“地上生活浪漫情,云端分析理性魂”。

让人说什么好呢?美人仙逝,玫瑰已谢,却依然芳香,有如绽放时一般,这样的绽放,所依托和显现的,正是火一般的浪漫炽热情怀。金岳霖的故事,满含浮躁的年代,罕有的一种令人艳羡的美好情愫,一种行色匆匆、习惯于吃快餐的现代人所难以企及的温柔情怀。

我相信假如没有文艺精神的滋养, 也许很难理解这样一种乌托邦式的爱情。爱情应该不排除有一些生理的、物质的成分,但起决定作用的终究不过是精神因素或精神力量。爱情本身所包含的审美的价值观,特别体现于纷繁复杂的情感因素的纠结,体现于不被外在物质世界所左右的爱情价值观。否则只凭动物本能与功利目的，又岂能叫人生死相许？同理，一个社会是否文明理想，可以以这个社会关于爱情的价值观，作为重要判断标志之一。

四

请恕我将关于“飞蛾扑火”的有限笔墨，仅局限于情爱领域。

飞蛾扑火，事实上是一种坚定执着、不顾一切、不计代价的向往与追求，是倾力而为的奋斗，是牺牲精神、理想主义的集大成和至高境界。从这个意义上讲，如果仅从男欢女爱的范围来理解“飞蛾扑火”，其思路就未免过于狭窄，境界也有失高度了，尽管这首诗诞生于“情诗”征集活动。比如，对于事业和信仰的“扑火”精神，同样就很是值得尊敬的。生活中不难找到，那些有着成功人生的人，都有着一种异常坚定的信念，他相信一个远大的未来，一种比现在所看到的要远大得多的未来，比现在的时刻更重要，使一切困苦挣扎都在理想的星光中显得渺小，并且容易忍受。可以说，正是这种飞蛾扑火般的“痴情”“功成不必在我”的高尚境界和理想主义精神，帮助人类去直面生活中的一切，进而处变不惊、沉着应对，坚定乐观地走向理想的归宿。

“奋不顾身前，我是知道结局的。”多么含蓄、深情，多么意味深长！

你理应是历史的一部分

《杂文报》第2433期《你也是历史的一部分》一文写得实在好。淋漓畅读之余，我有一点追想：为什么现代人不明白其实自己也是“历史的一部分”这个道理，总喜欢相当随意、超然物外地分析历史过往、臧否历史人物，而每每陷入傲慢虚妄的境地？为什么人们总不太容易、不太愿意将自己摆进历史中去呢？

后人看前人，因为有事可据，加以评头论足，原本是很自然的一件事。但该怎么看、怎么评，就大有讲究。我认为，对历史人物的评价，既体现世界观，也关乎方法论——它是评者关于历史的认知、是非标准等构成的历史观的具体体现，也是评者分析、研判历史事件与人物的方法水平高下的直接体现。

据我观察，妄断历史的常见形态大致有三种。最常见的是一知半解，道听途说，以讹传讹。今天的人读史，尤其是读动荡岁月里的晦暗历史时，常喜欢草率之至的定性判断，总习惯漫无节制的人格攻击。这种定性与攻击，通常来源于自己的偏见，比较武断。如今已少有人还耐得住寂寞，认认真真地做足考证的功课，获得足量可靠的资料，据此进行细致缜密的研究，从而得出令人信服的结论。

妄断历史的最盲目的形态是“二元思维”。断人断事，非此即彼,非善即恶,非对即错,把话说绝,不留余地,有意无意地忽略和抹杀了处于两极之间"中间地带",而这"中间地带"恰恰是实际存在的、宽广无边的。从本质上看,这样的历史观,是忽视了社会人的多样性、嬗变性,忽视了社会生活的异化性、复杂性。

妄断历史的最有害的形态是居高临下、自以为是、傲慢无德。如果说前两种妄断历史,还是方法论之误的话,那么这一种妄断危害更大,因其病在根部,是世界观出了大问题。轻易的、草率的评价,无疑是产生误判的温床,但这种错误,是方法的问题、能力的问题,而假如自评价之初,即主观故意地拒绝尽可能真实、全面地还原历史,抗拒设身处地地将自己摆进去,以辩证的观点加以比照、分析,那就真该反思了!

历史学家黄仁宇先生说过:"以道德代替法治,是两千多年来(中国)一切问题的症结。"这话说得比较绝对,却堪称深刻,为许多人称道,不过在我看来黄先生的话也还只是说对了大半,因为他这里所述的"道德"概念,本身也值得细究甄别,也有正谬高下之分。可怕的是依据自以为是、毫不健全的,又掌握了话语权、宣判权的所谓"道德"系统,害处就极大。这样的道德,是高高在上、自命不凡地立于道德制高点上,以居高临下的姿态,完全无视与唾弃特殊历史背景下,那些挣扎着的人的无助无能和偶尔情形下的无德。这样的道德,在评说别人的道德品质时,完全背离了健全道德应有的平等化、共通性要求,忽略了特定社会条件下道德选择的艰难性,从而不可能内化为一种面向人性深处的同情和怜悯。

城市道板也可以这样铺

我虽非规划与工民建类专业出身，却一向对城市的道路设施、建筑风格等的市政设计与建设有着浓厚的兴趣，最近有机会到德国不来梅市短暂进修学习，在有意识观察比照之下，收获了些许心得。

不来梅是位于德国北部的一个规模并不算大的港口城市，与柏林、墨尼黑、法兰克福等城市比，不来梅的名气、规模均不够显赫，人口不过七十万，我最初还是通过观看德甲足球联赛“云达不来梅”的比赛，才知道德国有这么个城市。一如其他的德国城市，不来梅环境安静优美，市民文明安详，让人由衷感觉舒适。不过，不来梅的美与特色绝不仅限于此的，有别于柏林的富丽大气、墨尼黑的多元韵味，以及法兰克福的时尚现代，不来梅是一座现代与古朴相融合，童话与现实相接壤的城市，尤其是对城市诸多细节的体察感悟，虽仅仅十来天，却让我感觉很不一般。

不来梅的许多街道巷陌，著名如文化特色大街贝特夏街，普通如一些小街小巷，均不是简单粗暴、一览无遗的水泥路面，而是铺的多种质地的石板。称其为石板，其实也勉强了一点，只是边长 10 厘米多一点的正方形石板，准确地说应该是石块。那天在一家位于小巷深处的餐馆用餐完毕，我和一位学友走出餐馆在路边休息，偶尔发现脚下一块石板有些松动，一时好奇心起，就想只手抓起这块石板来，不料却根本无法提起来，借助另一只手帮助才算成功。这一拎起，让我俩目瞪口呆：这哪是石块，整个是一石条啊！筷子般长，如木桩般深深地直插地下。

太夸张了！不来梅街道的石材道板竟可以这么竖立着铺，这也太不可思议了。其后很长一段时间，一个疑问总萦绕脑际，挥之不去：这究竟是出于怎样一种建设思路呢？由道板的铺设又可见不来梅人怎样的生活和建设理念呢？

从经济的角度看，不来梅人没有将众多的街道用水泥一浇了之，而这本来是最方便操作，也是最省钱的办法，实际的使用效果也不错，道路平整，方便行走，谁能提出多少异议呢？太多的城市不都是这么干的吗？而若换成铺石板的方式，无疑要费时费力费钱得多，尤其像不来梅市这样的铺法，更是奢侈不过，相信没有相当的经济实力，是无法支撑这样的市政建设的。联想到德国的城市下水道建设水平世界公认，修得特别空旷，留有充分余地，甚至可以走汽车，各种管道线路井然有序，而我们国内不少城市道路因规划和投资成本的短期考量，建设滞后，而时不时被挖开，装线埋管的，常被人调侃说是街道该装“拉链”，闻之让人颇有些气短。两相比较，显然，不来梅人算的是大账，算的是长远的经济账，一次性规划，然后重金投入，一步到位，避免了今后的无休无止的修理、翻新，近期看似有些奢侈浪费，长远观实则更经济。内心的算盘这么一扒拉，你该信服人家的认真和精明。

从美学的角度看，城市道路舍水泥而选石板铺路面，更具备某种独特的审美价值。想想都是一件很惬意悦目的事情。街道干净如洗，环境安静，行人疏落，各式各样的店铺散落两边，店门口皆摆满了鲜花，窗台上更有鲜花垂挂下来，与窗内店员友善自然的笑脸相映成趣，空气中似乎弥漫着一股自由、美好的气息。窄窄的街道，既衬托出两旁原本不高的建筑显得有些巍峨，又护卫着人步行时的慢节奏，人们惬意地闲逛着，向偶遇的路人投以友好的目光，甚至停下脚步，立于屋檐下与人闲聊，这样的街道实在称得上是人性的空间。道路是一色的石板路面，而且是毛石，粗糙错落，表面并不平整，积年累月，被行人打磨得锃锃发亮。石板光洁细腻，又有质感，鞋子踩上去，很有抓地感，既轻盈又踏实，别有一番走在水泥路面完全无法体验出来的感觉。不经意间，人们充分体验到这个不大的城市绵长、厚重又极富个性的文化特质。

悠然自得地步行在不来梅的石板路上，我很为当年不来梅市政工程决策者的胆识折服，实在是了不起！做出这样的动议和决策，遭遇反对甚至抗议都是再自然不过的事情，比如铺张浪费，拿纳税人的钱不当回事啦，比如完全是异想天开、好大喜功啦，等等，指责的理由都是极其现成的、堂皇的。更为险恶的攻击还在暗处，比如被怀疑、被诬陷也是有可能的，为什么要动用这么大的投资？谁知道这么大的投资里边有没有猫腻呢？仅诸如此类的一句话，就可以让任何意图创新、追求浪漫的努力付诸东流，将市政设计与建设的创新冒险者，都打回原形。幸好，这是在一个以务实与求新著称的国度。显而易见的是，城市决策者的远见卓识，以及他们甘冒政治风险的勇气占了上风，于是成就了今天的不来梅街道的独特风格与文化。

还有一点必须强调的是，在这件事情上，这个城市普通公众的整体素质，如对极致品质的执着追求，对新事物、新思维的包容态度，同样令人肃然起敬！这可以归结为某种民族特性，也堪称比较优势，是这个国家恶魔般的两度发动世界大战，又能从战火中迅速站立起来的原因所在。德国美丽而传奇的古堡城市海德堡，以出产世界上最优质的印刷机著名，人们形容这个城市对质量的要求到了疯狂的程度，比如仅仅是螺钉这样一个零件的生产，从钢材的选择，到螺纹的加工，再到电镀的防腐处理等工艺环节，无不刻意把关，用心至极，只为达到一个目的：哪怕整台印刷机使用到期被废弃了，螺钉仍不锈蚀、磨损和松动。海德堡的朋友告诉我，谁要是对这个理念持有异议，可以肯定他一定不是海德堡人。还比如，德国不来梅市政大楼前的圣·彼得利大教堂，以及雄伟的科隆大教堂等著名建筑，都经历了几百年建设才完工，至今仍常年搭着脚手架予以精心修缮，整旧如旧。

做事踏实、较真儿不将就、心态平和、沉静不浮躁，这样的民族，其生命力可不一般。

阅读其实是很个性的体验

一

我记不清自己的阅读习惯是什么时候开始养成的，反正自儿童时代起，我就比较喜爱读书，尽管适逢特殊年代，条件极其有限，而且社会气氛紧张，从漫画小人书开始，但凡拿得到手的书，无论公开的、私下的，甚至手抄的，均要囫囵吞枣、如饥似渴地阅读，一直持续到青壮年时代，因此也算得涉猎较广。不过那时的阅读，完全跟着感觉走，无重点无选择可言，对所谓名家权威、“经典榜单”类推荐书目完全不屑一顾。直至人到中年，阅历渐长，客观条件也优厚了许多，却因世事繁杂，精力日渐有限，在读书这件事上的明显变化是，书读得少而精了，同时，开始对各类阅读榜单多了一份注意，借助于专家学者的意见，有选择地阅读，多少可省心省力一些。我不知道这该归功于阅读观的成熟呢，还是属于精力有限的胁迫无奈？我有自信是属于前者，因为接受“经典”这种概念，倾听他人的评价，重视先行者的阅读经验，甚至在一定程度上承认书界“权威”的地位，应该是较为明智的一种做法，特别是出版泛滥，书籍质量参差不齐的时候。我不认为这是盲目崇拜甚或屈从，反而确认这是一种信任，是对他人尤其是智者的人品与能力的信任与尊重，对一个书香社会能够淘汰莠见功能的一种信任。这种信任也许未必一定能将精神之舟带至我们神往的彼岸，但若没有它，苍茫书海里，我们的精神之旅或许会辛苦漫长许多。

二

梭罗的名作《瓦尔登湖》俨然是各类推荐榜单的常客。见识过无数名家、无数个榜单推荐《瓦尔登湖》，众口一词称其为文学史上的登峰造极之作。诸如："《瓦尔登湖》是一本超凡入圣的好书，严重的污染使人们丧失了田园的宁静，所以梭罗的著作便被整个世界阅读和怀念了""《瓦尔登湖》语语惊人，字字闪光，沁人心肺，动我衷肠。到了夜深人静，万籁无声之时，此书毫不晦涩，清澄见底，吟诵之下，不禁为之神往了"等等，不胜枚举。

精彩而神秘，还能有什么品质，更能吸引对大海有着浓厚探索渴望的航海者呢？可是，伴随航海家旅程的，却并不总是希望，还常有失望与无奈，至少，对部分航海家来说是这样。我阅读《瓦尔登湖》，就是这样一段基本称不上美妙的航海旅行。

我记不确切最早是什么时候开始捧起《瓦尔登湖》的，应该是在二十世纪八十年代的中晚期吧，也算得较早触摸这部名著了，而且那时它还没有像现在这么火爆，即使译者是大名鼎鼎的徐迟先生。之后又检索选购过别的翻译版本，然后认认真真地摆开架势重新开读《瓦尔登湖》，可是始终没有一次能够将书通读完毕，常常是翻读到半卷就半途而废。起初是无意，也不敢怀疑，更不敢腹诽梭罗的笔法啰唆，只怨自己的趣味不够好，于是每读一小会儿，就要回头摸摸已读的页码，庆幸又读过了一段，好比疲惫的登山者，喘着粗气瞻望山顶，犹豫不决，既不舍得既往的历程，又畏难于剩余的路程。犹豫矛盾的结局还是放下，与其追随名著的名头，不如听命自己的好恶本性。这真是一种很糟糕的阅读体验，我知道，这就是被动的闲读，或者说是完成任务式的功利闲读，不管有意无意，阅读的目的，也许只是我于人前人后，可以理直气壮地宣称“我读过这本书”。

我不禁疑惑，问题出在哪儿？是我个人的原因吗？

三

不止一次，我悻悻地想，梭罗为什么要在《瓦尔登湖》里添加那么冗长的议论呢？尤其是，那些他貌似哲理的议论，事实上有多处是很自以为是或自相矛盾的。《瓦尔登湖》恰恰在这一点上，让我心生芥蒂，甚至多少有些不满。有几次读至中途，被迫无奈收卷之时，我都暗想，如果抽去那些议论的篇章，这部书当然变薄了，确信它反而会变得朴实许多，至少我会更喜欢它的。且列举几段：

> 不仅要观日出和黎明，如果可能，还要瞻仰大自然本身！

何以这样说？“日出”与“黎明”，不在“本身”之内？难道不是大自然的一部分吗？

我们天性中最优美的品格，好比果实上的粉霜一样，是只能轻手轻脚，才得保全的。然而，人与人之间就是没有能如此温柔地相处。

这段话的评议对象是什么呢？一会儿说人与人之间需要有的某种和谐守护，一会儿又专指人之个体本身要对美德的某种呵护，不同议论客体间，能构成句式的转折关系吗？看不明白，真怀疑是翻译出了问题。还比如：

人类在过着静静的绝望的生活。你从绝望的城市走到绝望的村庄，以水貂和麝鼠的勇敢来安慰自己。……可是不做绝望的事，才是智慧的一种表征。

我到林中去，因为我希望谨慎地生活，只面对生活的基本事实，看看我是否学得到生活要教育我的东西，免得到了临死的时候，才发现我根本就没有生活过。我不希望度过非生活的生活，生活是这样的可爱；我却也不愿意去修行过隐逸的生活，除非是万不得已。

这两段话又是什么意思？是要告诉我们，宁静的虚无，不可求吗？那么，作者自己远离城市的选择，算不算是“绝望”的智慧呢？一方面，劝导人们走向静静的森林，走向隐逸的自然，另一方面又否认这种行为的意义与价值，为什么呢？事实上，我认为宁静不是乡村的专利，即使生活在喧闹的城市，也一样可以求得那奢侈的安静的，一切的一切，均取决于人的内心世界是否宁静罢了。

作家刀尔登好像有着同样的质疑，不过他的视角更聚焦到阅读的目的，而不止表象："他（梭罗）的个性，他的观察，他的实验性的生活方式，本来是多么美好，一旦被他塑成投向社会的石头，又多么让人惋惜。他从湖畔的小屋，喋喋不休地攻击世人的平庸，又是天才的多大浪费。"这话我认同，一个人选择了一种自己适合的自在的生活方式，并沉浸陶醉其中，没有什么不好，尤其这种方式还为世人称道。可是，这不就等于有了教训人，甚至攻击人的资本与权利。意在笔先，总想着要开导人，要教育人，动机先就不纯，效果还能好吗？

除此之外，深究起来，梭罗自己十分推崇、自信的所谓"自然"，其准确性也值得推敲。说到"自然"，人们的脑海里即刻会产生诸如广袤的森林、湛蓝的湖泊、可爱的动物等的丰富联想，这是极其正常的心理反应。但同时，自然也是未加掩饰与修饰的本真的代名词，指的是世界的本真、社会的本真、人的本真，而人的本真，当然应该是除了脸形、身材等的形态面目，也包括情绪、性格等。换句话说，这就绝不仅仅是这些外在的、物质的物体可以概括，那些形而上的精神层面的要素，也应划入客观存在的自然范畴。诠释"自然"，仅理解为直观的物质的自然世界，而无视另一种如心理等的精神世界的层面，不能不说是认知上的一种缺陷。

四

同样是极尽铺排之作，我想到王安忆的小说《长恨歌》。与作为笔记体长篇散文的《瓦尔登湖》相比，王安忆的《长恨歌》属于文本标准的长篇小说，不同的体裁本不适合放在一起比较，而且，就写作重心而言，小说的优势在于讲故事，绘景、议论都是为有利故事的展开服务的，都是配角，所以其发挥的自由度似乎要小许多，然而，《长恨歌》却偏偏反其道而行之，淋漓发挥，几近过分。

《长恨歌》的开头部分，用近两万字的篇幅，细致描绘旧上海滩、老弄堂、石库门，甚至女主人公的一个发髻、一件服饰、一个阳台、一个窗棂，都敢于说上好几页，铺陈一个时代中辛酸故事的灰蒙背景。从貌似热闹绚烂实则气质冷寂的纵横巷陌，到弄堂空气里到处弥漫的黄梅雨般细密绵软的流言，再到浸泡在这种是非里面的花蕊般纯洁娇嫩的闺阁。闲适而刻意地写进篇章，字字句句均渗出某种让人与主人公感同身受的情愫！是无奈，又分明包含着坚定顽强、挣扎不屈；是同情，又分明落花流水，爱莫能助。

这样不惜笔墨的篇章，不无奢侈自恋之嫌，却无疑是耐读的，不为别的，只为“纯粹”二字。说其“纯粹”，首先是因为文字干净，洗净铅华，宛若白描，是那个依然鲜亮璀璨却已呈颓势的旧上海滩的味道，是这位小姐气的王琦瑶幽然出场和压抑生活的环境；其次，是因为表达情感的理念十分纯粹。干干净净，清清楚楚，耐心细腻，明明不无目的，却似乎是作者自顾自在叙说，没有强迫你耐心听的意思，没有时不时出现的抒情与评说，情感掩在文字后面，不显山不露水。

且看这样的文字：

再一日来，天下起了小雨，寒气逼人的，都添了衣服。午饭时，临时又添了一个暖锅，炭火烧旺了，汤始终滚着，菠菜碧绿，粉丝雪白。偶尔的，飞出几点火星，噼噼啪啪地响几声。半遮了窗户，开一盏罩子灯，真有说不出的暖和亲近。这是将里里外外的温馨都收拾在这一处，这一刻；是从长逝不回头中揽住的这一情，这一景；你安慰我，我安慰你。窗户上的雨点，是在说着天气的心里话，暖锅里的滚汤说的是炭火的心里话，墨绿的窗幔里，粉红的灯下，不出声都是知心话。

这是旧上海滩最典型的弄堂里的生活写真。上海弄堂的感动来自最为日常的情景，这感动不是云水激荡、横空出世的，而是日积月累、渐成气候的。这是有烟火人气的感动。在条条悠长暗淡的巷陌里，流动着一些意料之外又情理之中的东西，琐琐细细，却能够聚沙成塔，打动人心。

我不确定作为作家的王安忆是否擅长绘画，但我肯定她至少具有某种程度的审美力。那些光影、色彩、线条等，细节描写精准而熟练，令人感叹作家笔触的细腻。

五

刀尔登先生写了读书笔记《梭罗的啰唆》，读了令人不禁哑然失笑。作为评论家，他居然把犀利之刀指向了大众公认的似乎凛然不可侵犯的名家名作，所思所言与我不谋而合，于是我拍案叫好。作为普通读者,我偶有为自己的阅读感觉困惑的情形,因此有时候难免会在意我的感受是否为自己独有,或者同好者多寡。但毕竟并不苛求较真儿,因为这关乎阅读者的真情实感。既然事关原则,也就不能迁就迎合。“我问自己,是真的喜欢《瓦尔登湖》,还只是喜欢这种喜欢?”我好喜欢刀尔登先生如此有趣的说法,我得承认,“喜欢这种喜欢”,这种说法是真真打动我心了。“这种喜欢”,是一种特殊的阅读体验,它多半是,却不一定都是愉悦,是痛快,相反很有可能是困惑,是疑问,那也无妨成为个人的阅读理念与路径的某种“喜欢”,绝不只是潜意识里,“身为读书人竟然没有读过《瓦尔登湖》”如此这般的浅薄的心理暗示在作怪。

说到底,阅读体验其实只是一种个人的感受,以自己喜欢的方式,选读自己喜欢的书籍,获取自己喜欢的阅读体验,也就够了,与他人无甚关系,至少,关系不大。

纸板刻成的钢铁

一

记不得哪位有见识的人士说过，旅行是对过往风景与历史的致敬！从这个意义上讲，虽然自俄罗斯旅行归国已过数月，我思绪中关于这次旅行的收获，却似仍集中停留在一个特定的节点上。这有如坐在宽大舒适的剧院里，欣赏一部有着多个乐章的交响乐演奏，曲调始终如流水般舒缓顺畅，虽未可替代全部旋律的美妙，却早已是意蕴生动、石破天惊的演绎。

这个节点，就是莫斯科特维尔大街 15 号，“奥斯特洛夫斯基故居纪念馆”。

二

1935 年 12 月，奥斯特洛夫斯基迁居来到特维尔大街 15 号二楼的一套公寓，直到整整一年后在这里告别人世。他短暂而光耀一生的最后时光就是在这里度过的。至于他为什么还要在生命的最后时光变换住所，值得追问，却已无从考证，但有一点可以确定，这一突然的变更是经他认可的，尽管其时，他已经双目失明，根本无从亲自挑选楼宇。

奥斯特洛夫斯基于1927年瘫痪，次年，双目失明。他在青少年时期恰逢战乱，从第一次世界大战、十月革命，到卫国战争，这些苦难的却难得的亲身经历，都为他创作《钢铁是怎样炼成的》和《暴风雨所诞生的》等作品提供了素材。在仅有23岁的时候他已经完全瘫痪了，为了使生命的意义得以延续和彰显，他开始自学，开始拼命地读书。之后，他的眼疾也越来越严重，很快就完全失明了，多彩的世界从此陷于一片无尽的黑暗之中。但在亲人、朋友的鼓励和帮助下，奥斯特洛夫斯基没有在暗夜里迷失沉沦，他开始以口述的方式尝试文学创作。他的小说《钢铁是怎样炼成的》于1931年完成，1932年在杂志《青年近卫军》发表，1934年独立成书出版。之后，这部小说被翻译成世界多国语言出版，其中也包括汉语，更确切地说，在红色中国拥有最多的拥趸。

二十世纪九十年代以后，高尔基、法捷耶夫、马雅科夫斯基等作家，均已在俄罗斯民族文学艺术家的灿烂星空中逐渐黯然失色，无情地为世人有意无意地淡忘。雕塑被拆，著作被禁，即如这条以高尔基命名的大街也换回了它的原名"特维尔大街"。奥斯特洛夫斯基，却是这个人心无比骚动无序的社会里少有的特例，依旧为世人纪念景仰。他的书照常能够出版，他的纪念馆得以保存开放，虽然观者寥寥，仍让来自异国他乡，特意变更既定行程，诚心造访的我和我的旅伴们感到心满意足。

为什么人们还要纪念他？或者说，他的身上，还有什么特质是普世价值，没有被时间的冲刷而坠落？因为很显然，时过境迁，今天的奥斯特洛夫斯基虽然也有争议，但依然受尊重，早已不再是他身上的"无产阶级作家""苏维埃钢铁战士"等标签在起作用。

奥斯特洛夫斯基无疑是坚强的,但是,仅仅用"坚强"来给他做标签,显然太失之于浅表层。

三

博物馆里原封不动地保存着作家生前居住过的房间,铁床、写字台、书柜和一架钢琴,很简朴。床边摆放着他生前使用过的拐杖和用来擦汗的毛巾的托盘。客厅的布置也很简单,墙的四周摆满了书架,中间是一张餐桌。这些物件都极平常,我在一一过目时内心未曾产生特别的波澜。唯独有一件摆放于玻璃柜,被锁住柜门,比较珍贵的文物,却吸引了我,让我印象极其深刻。

那是一块普通的纸板,中间被用刀镂刻出了一条条空格,作为"影格",用来帮助已是双目失明的奥氏写字,不至于游离方向,产生叠字混乱。质地粗糙的硬纸板,在作家消瘦之手千万次的抚摩下,既显得黝黑又稍稍有些发亮。作为一名普通的异乡来客,那一刻我的心灵为之悸动,原本柔软的纸板,当然无法做成人们熟知的坚硬的钢铁,但保尔这截特殊的钢铁,却分明是奥斯特洛夫斯基用纸板,一笔一画刻成的。

> 人最宝贵的是生命。生命属于人只有一次,人的一生应当这样度过:当回忆往事的时候,能够不因虚度年华而悔恨,不因碌碌无为而羞愧。

奥斯特洛夫斯基帮我们理了出来，便让这些痛苦成了我们共同的痛苦。读着他的文字，也就如同同步体验着作为人类的我们共同的疼痛。

痛苦是不值得欣赏的，相信也没人会出自真心欣赏痛苦，即便是别人的痛苦。但是，痛苦是可以远观近察、审视品味的。因为，这些痛苦，有些正是我们经历过的，而那经历过的痛苦，可能令我们产生强烈的共鸣、深层的思考，进而成为我们的人生阅历中不可多得的营养元素；有些我们未曾经历的痛苦，经了作家的真切描绘，令我们如临其境，令入世未深者持有对人生艰难的预判、适应意识，令可能的痛苦遭遇者为之释怀。

四

博物馆设在二楼，一堵厚达半米的墙，隔开了外面的世界。据我观察，坐在轮椅上的作家，大抵无法看到街面上的人流，也看不到蓝天白云和街道对面的高楼，即使能看到，他也无法与之交流，难以想象他此时会是怎样的心境？

求生是人的本能，困顿时求死以求解脱，应该也是人的一种本能，否则，就不会有“痛不欲生”这个词。他不会不知道自己身体每况愈下，来日无多，他会不会悲伤？悲伤于命运之不幸、世态之冷漠。他会不会忌恨？忌恨世道之不公、世人之无情。他有过绝望的念头吗？他一定要把保尔写出来的动机，到底是什么？对人世的爱留恋？

对于一个23岁就瘫痪在床、双目失明的青年来说，生活对他是多么的不公，他有一万条理由抱怨命运，我们无从体验，甚至无法想象每一个暗无天日的日子里，他身心的苦痛感受。但有一个事实是，不朽的炼“钢”可以为证，青年保尔终究没有被命运打倒。他以自己的顽强生命向世人证明，即使在最困难的情况下，也能够保持一个人的尊严，并尽力找到生命的意义。

令人印象深刻的是他的刚强、他的爱。他的爱，体现在他的作品里，体现在小说里的女主人公冬妮娅身上，也体现在桌上他母亲那张照片上。

他原本是看得到母亲的照片的，渐渐地，他看不见了，但他分明还感觉得到母亲的存在。他会用手抚摸照片，感受母亲的目光、母亲的呼吸，这促使他产生动力和勇气。寂寞时做伴，伤神时慰藉，高兴时分享。我甚至不无顾忌地猜度，在这漫长的暗黑的日月流淌中，关于一个人有没有权利，随意处置自己的身体，定然是，至少是令他伤神与思考的重大问题之一。孔夫子说过，发肤受制于母亲。那么，冥冥之中，母亲就不会袖手旁观，即使母亲与自己天人两隔。在一个个平常的，同时又交杂了一次次痛苦的日子里，应该是伟大的母爱，让他积聚了生存的巨大力量。

我相信，没有一个人甘于平平庸庸地生活，因为即使是小草也在努力着为春天增添一点绿色，希望在春回大地的彩卷上留下自己纤弱而有色调的身影。

五

门厅里，摆放了一尊奥斯特洛夫斯基的雕像，脸颊消瘦，深凹的眼眶令他显得越发清瘦严肃。以一个普通观众的眼光来审视，我不是太能接受它，因为它太过纤瘦，太过严肃，太显忧郁了，事实上，房间里墙壁上悬挂的照片里，奥斯特洛夫斯基是微笑着的，我情愿雕刻一座主人公止浅浅微笑着的形象的雕塑，也许更令人印象深刻，因而也更具冲击力。

凝视那传神雕塑，我几乎分不清保尔与他的创作者之间的区别。本来，将作家与他所创作的小说人物完全画等号，是有些荒唐的，但作家是要靠作品说话的，他在小说人物保尔身上寄托了深深的情感，所以，我们很难将奥斯特洛夫斯基与他笔下的保尔区分。

没有资料表明，日常生活中的奥斯特洛夫斯基性格如何。墙上高高悬挂着的他与夫人的合影照片里，奥斯特洛夫斯基是一张微笑的脸，但他显然笑得很不自然，很克制，在完全谈不上明亮的室内光线下，在他骨瘦如柴的脸颊上所深陷的眼窝里，毋宁说是浅笑。与之相对应，床边坐着的身体稍稍发福的夫人明显要放松得多。

我还很奇怪这张照片挂得如此之高，几乎要仰头才能稍稍看清。不过，我从这张照片里，惊讶地发觉，奥氏半躺在一张板床上，脸上挂着浅浅的笑容，与眼前这张不锈钢床截然不同。这些实物的真实性很令人生疑。

参观纪念馆已过数月，心绪仍在“英雄”两字上盘桓。在我看来，满腔热情地爱自己的国家、爱亲人、爱生活，以及面对生活的困顿仍坚强不屈等品质，就是英雄的闪光特质，也是作为“英雄”这一阶层始终不变的普世价值。

六

历经半个多世纪的风雨，这幢建于十八至十九世纪的欧式建筑，仍基本保持着原样，在秋日俄罗斯的细密雨丝中，有些静穆孤独又略显自尊。建筑外的精致雕刻和华丽装饰仿佛仍在诉说着它昔日的辉煌。因为十九世纪初叶，曾经常在这里举办文学音乐沙龙，俄罗斯著名诗人普希金、茹科夫斯基、维亚泽姆斯基等许多文化名人都是沙龙的座上宾。十九世纪末，俄罗斯巨贾叶里谢耶夫将这座建筑买下，将其转变为一座豪华的商店。直至1917年十月革命后，这座建筑才成为民宅。

当然，这幢古老的建筑，因为曾经接纳了一位了不起的房客，才具有了不同凡响的人文价值，同时也就具备了更加充分的保留价值。只因为，奥斯特洛夫斯基，在这里度过了他32年短暂而光辉一生的最后时光。弗莱德金曾经形容建筑等居住环境对于一名作家的创作影响："它存在于他（普鲁斯特）的天赋之中，他知道一切都是相互关联的——我们走的路必将把我们带到同一个地方，我们内心的某个地方。普鲁斯特给我们的启发是，要去观看和欣赏我们生活中所有好像是微不足道的地方、事物和人物。"

临别纪念馆，我应邀在纪念馆的留言簿上即兴写下两句话："奥斯特洛夫斯基，属于你们，也属于我们；属于我们的过去，更属于我们的未来。"

“同学会”的江湖

一

观当下世相，若说同学聚会成为一种时尚，真不为过。放眼看身边朋友，一个个为参与各类同学会，东奔西走，整天忙得不亦乐乎！我想这大致是因为当年有缘同窗时，通常少不更事，无不以本色待人处事，友情如一张白纸般纯真，待到毕业仓促间被推入社会，经历世俗生活风浪考验，感受世态炎凉后，难免又思念起当年同窗岁月，越来越觉得还是同学友情纯真珍贵。如今天各一方，彼此更多了一份牵挂，待到有机会重逢相聚，自然是五味杂陈，急待宣泄情感。“欢笑情如旧，萧疏鬓已斑”，开心又夹杂些许感伤，因为感伤又更珍惜，珍惜每一次同学聚会，珍惜生命中有缘同学一场的情分。

著名学者吴宓与陈寅恪是大学同学，同窗共读时两人友谊颇深。世事沧桑数十年，转眼已白头，1962 年，吴宓南下广州探望病中的陈寅恪，临告别时，两人均预感到各自年事已高，再见实难，又不愿点破这层意思，彼此无不伤感。事实是那次会面，确成为这两位清华故人在这个世界上的最后一面。离别之际，陈寅恪特意赋诗一首纪念：

问疾宁辞蜀道难，相逢握手泪汍澜。
暮年一晤非容易，应作生离死别看。

短短四句诗，通俗易懂，画面感极强，似乎句句渗出伤感惜别之泪来，却在字里行间，传递出好同学相聚时，那种体贴入微、深入骨髓的情谊来，富有极大的感染力。

二

当然，这样一对一性质的同学会面，是生活中的常态，谈不上“江湖”，够不上现象级，因而不是本文阐述的重点对象。我想讨论的“同学会”，多半是群体会面团聚性质，所以，大抵是热闹欢快的气氛占主导，又恰因群体的原因，难免滋生一些繁杂问题。所以还曾经有人为同学会创作过《同学聚会守则》，煞是有趣，同学聚会都到了要制定守则的份上，足以见其相关问题的严重性与急迫性了。事实上，要把原本令人愉快又有意义的事情办好，也真不是一件容易事，在我看来，确实有某些原则应该得到重视与遵循。

首先，同学相聚，最在乎“平等”二字。这里所说的平等，必须是源自内心的真诚的平等，而且还是针对所有人而言的。同学间理应平等，只有出离各自的社会身份，才能一视同仁的无隔阂感，比如聚在一起玩牌，输了一样钻桌子、贴条子，玩得晚了，没有预留房间安置，几乎不用商量，将床上毯子往地上一铺，八九十个人，横七竖八，倒头就睡，没什么好怨言的。这个时候就不该有什么领导与普通职员之分，彼此间只有一个身份叫“同学”。事实上做到这点就不易！虽然当年同为学友，同一个教室听课，同一个操场锻炼，同一个寝室睡觉，知根知底，曾经兄弟姐妹一场，而今，天各一方，联系不多，导致今天生活境遇千差万别，极端者，有如天上地下之别也不稀奇。久别乍见，不知深浅，有些拘谨生分，有所保留客套，是再正常不过的，完全可以理解，然而，你必须提醒自己从一开始就调整心态，放下身段。

在同学面前，生活得顺风顺水者，首先要有平等观念。职场打拼多年，你有幸脱颖而出，头上终于顶上了一顶或大或小的乌纱帽，固然不容易，可也真没什么好稀罕的，毕竟再大的官也要退休，权力也是转瞬即逝的，所以来到同学聚会场所，你不要不由分说地入主桌、坐主位，之所以通常有这个待遇，多半是同学的礼遇，你要从你的言行里掂掂分量，是不是还有同学味，是不是还把同学当同学？商场厮杀多年，甘苦自知，你有幸力压群雄，成为一名真正的富豪，当然同样不易，但不应因此而在内心深处，先把自个儿拉高一个档次，以至于非得语气老大摆土豪的谱不可。大家生活都不易，千万别自以为是，以为只有自己碰到的坎坷最多，所以最不容易，最了不起。你有能力多承担点同学聚会的费用成本，甚好，也不是不可以大包大揽，只是你自自然然办了就是，千万别把这点事挂在嘴上，唯恐别人不知。要知道同学一场几十年了，都活到这个份上了，人家不是真稀罕这几个钱，而是念你的一份情，给你一个表现机会而已。

去掉你那莫名其妙的优越感吧，也不要简单地认定同学间现状的差异，是公平竞争的产物。这世上有绝对的公平吗？人生如牌，每个人抓到手里的牌本来就不同，人与人自出生就有天壤之别，其后又当然地迈上不同的道路，碰到的路况不一，所能达到的目标高度，怎么可能整齐划一？谁要是硬求公平，只能说这人就是幼稚，就是自找烦恼。何况，能力与境遇不能绝对的划等号，就能力而言，别人也未必在你之下，暂时境遇不如你，或许只是时运不到而已，况且尺有所短寸有所长，谁能没块短板呢？或者人家根本就不屑于追求你的位置、你的目标，也未可知，从来人各有志！别把无趣当生动，把世俗当成功。人家可能无权无财，照样可以生活得本色纯粹、轻松自由。从这个意义上来说，谁的人生更成功？谁更懂生活？谁的生活质量更高？这些有时候真不好说。

在同学面前，生活得相对不如意者，内心也要有人格的平等意识，既不妄自菲薄，也不盲目排斥非议。这一点，往往做到更不易。要真心承认现实不合理的合理性，要坦荡接受现实不公正的公正性。生活最害怕遇到脆弱敏感的神经："他为什么这样呢？他是不是看不起我呢？"对别人的任何言行，总喜欢恶意地去猜度用意。同学间最忌讳各种心态不平般的攀比，或者是爱气冲冲说"神气个屁啊？想当年还不如我"这样的，或者是干脆失掉自信，人前自矮三分，怀疑自己是不是做错了人生选择，"早知道，我就不该待在这个鬼地方""要不是谁谁拦着，我早就怎样怎样了"诸如此类的，言语间净是不服，老脸上满是不屑，貌似不甘，实则就是自取其辱。殊不知，一个人的成功，总不是偶然的，天时地利人和，个人努力、上帝眷顾，都是一定的因素。想当年，可能这位同学确实不如你，到今天，你左看右看，从里到外这么一比划，同学比你生活得滋润如意，你得承认人家定然在某处有过你之处，不服不行，尊重人家“混得好”才好。条件好的同学慷慨承担聚会费用，你就不要一边得了实惠，一边还愤怒不已，口出怨言：“活该这小子掏钱，他不掏谁掏？有几个臭钱了不起啦？”仿佛自尊心真的受到了多大的伤害，往轻里说，你这就有失厚道，若往重里说，更严重。我还是不说了，你就自己掂量吧。

球王贝利说过大意是这样的话，足球比赛时，万一被人踢了（暗算了，伤害了），不必以牙还牙，最好的“还击”是，我奋力进他一球。在这个世界上，人人都可能感到自己所受到的对待是不公平的，这不稀罕，如果有了贝利形容的这种情怀，人生的境界就可以得到提升，化消极为积极，开一片新天地。

三

《同学聚会守则》里还强调一条“不记仇”。乍看这一条不免要失笑，再一细想，倒实在是微言大义，不能不注意。当年同窗年少无知，谁没做点错事甚至做点荒唐事呢？你悄悄拿过我一支新铅笔，害得我挨家长一顿老拳，我曾经偷偷到老师面前告过你一状，使得你被罚站在教室门外……这类陈芝麻烂谷子的旧事，权当一阵风吹过，忘了才好。春夏秋冬同窗一场，几十年后记着那点破事，还当众抖搂，就有些不厚道，除非你的出发点仅仅是开点善意的玩笑，活跃一下气氛而已。如若出于泄愤，揭人老底，有意在众多同学面前奚落贬低人家，抬高自己，那就有失气度，实在不应该。当然,许多感情纠葛方面的因素就相对复杂了,不可能一笔勾销,那就暂且留着,留存于心,也无不可,尤其是一些美好的情愫,这是人生珍贵的财富,理应得到珍惜,将其深藏在心底,永烂在心底里。

我倒觉得还有一条原则也很重要,不能不加以强调:参与同学会,你也要拿得起放得下,不能沉浸其中出不来。关于这一点,白岩松先生说得比较形象:“同学聚会固然好,然而副作用就是,聚会之后重新回到现实中难。并且岁数越大越是如此,甚至让你产生幻想:人世间,为什么不能一直上学到永远? 正是在这样的失落中,一天一天,艰难地从纯真校园岁月再回现实的混乱世界里。而同样难的,是从干干净净的同学友情中,再回到人心隔肚皮的竞争或拥有距离的环境中。”我大有同感,这是多么切肤入髓的同学会心得!“天下没有不散的筵席。”场面再宏大气氛再热闹的同学会,也不过是一次聚会而已,总有分手那一刻,有什么好抱憾的? 不正因为分手,才凸显出聚会的价值嘛。你可别参加了一次同学会就昏了头,忘了自己还有工作要忙,还要操心养家糊口。总之,你得及时走出来,回到日常,回到生活中来,该干吗还干吗。

四

从公众和社会的层面来看,作为一种社会现象,同学会也越来越得到宽容对待。有时,不经意间甚至还能从崭新的同学会中得到某些思想与情感的升华。

几年前，母校华南师范大学六十周年华诞，我欣欣然受邀赴会。一进学校大门，热烈气氛扑面而来，报到处熙熙攘攘，人声鼎沸，每个学院科系接待处，一溜摆开，煞是壮观。最令我意外和感慨的是，居然还有单设的"夫妻校友报到处"。有幸在此报到的夫妻校友，除接受学弟学妹献花，还额外得到一份特别礼物。我必须承认，我被母校的这一创意安排深深地惊讶到、感动到了！我不清楚那些夫妻校友有几成是在校园里萌芽爱情的，相信也不在少数。这让我很感慨：一方面，为他们源自校园的朦胧又美好的爱，得以开花结果而祝福；另一方面，也为母校宽容友善的襟怀感动。在我们那个刚刚吹拂改革开放春风的年代，校园恋爱是被明令禁止的，有些不屈从者，还被母校棒打鸳鸯，刻意地分配两地。而今时过境迁，观念进步，母校以博大的胸怀认可了、接纳了她的儿女曾经的爱恋，甚至，我把它看作某种含蓄的认错呢，每想到这儿，总觉天地宽阔、人间温暖。

同学会，多少得给人一点温情，给人一点教养，一句话，总得有些正能量才好。否则，何苦去组织和参与什么同学会。

每次醒来你都不在

问世间，"痛"为何物？

——题记

偶尔读到一篇文章，题目即让人过目难忘：《每次醒来，你都不在》。

作者并不著名，文章也只是以平和客观的口吻记述了一段真实的生活故事。故事的主人公姓路，是一个普通百姓，二十世纪六十年代初出生，1988年初中毕业后参军，不到一年便参加中越边境战事。上前线可算是他一生最大的荣耀和辉煌。从战场回来后，他顺利地当上工人，结婚，生子。到这儿，老路就仿佛走到了自己人生的巅峰，其后，即开始不由自主地走下坡路。先下岗，再离婚，妻子带着孩子远走高飞，临走之前还变卖了房子带走了钱。老路分文未得，没有办法，他只好重新回到父母的屋檐下寄居，靠打零工苟活。其后数年他始终都在找工作，先后当过洗碗工、搬运工、推销员，去乡下卖过菜籽，又回到城里卖电话卡。最近的差使，就是在工地上当油漆工。这一新工作，算是比较对老路的路子，因为这使他有条件一展自己熟读古诗的才能，相对有机会一抒胸意。于是，在城市的某段已经废弃或未正式启用的墙壁上，会偶尔地出现老路兴之所至、信手写来的古诗名句，如“不思量，自难忘”“相见时难别亦难”等。老路颇感满足，因为并不是每个人都有这样涂涂刷刷的条件的，也不是每个有条件涂刷的人都写得出“十年生死两茫茫”“称姓惊初见，闻名忆旧容”（原文如此，应为“问姓惊初见，称名忆旧容”）这样沉郁的句子来的。这就让老路于社会上有相似痛苦人生经历的人中间，显现出他的潜质和个性来。

老路最新的涂刷作品是：“每次醒来，你都不在！”

这八个大字歪歪扭扭却异常醒目地横陈在城市的某段墙上，见者想来应无数，却大都来去匆匆，并不在意，但偶然路过的《每次醒来，你都不在》文章作者一见墙上的字，竟充满了好奇与疑问。为了求证这煽情的文字的出典，比如是否是为哪个红颜知己而作的，好奇的作者每天在墙边苦苦蹲守，一个多月后终于将陌生的老路请进了酒店。老路开始时十分紧张，手忙脚乱，语无伦次（是啊，一个无论在什么地方、什么时候都被拒绝的人，叫他怎么可能不慌张），然后，“酒过三巡，老路号啕大哭，说那八个字是写给他儿子的”。纵使我再能展开想象的翅膀，也无从形容老路那能在布局拥挤、人声嘈杂的小酒店里放声痛哭的一刻，是何等的痛楚。彼时彼刻，谁能听明白一个中年男人的哭声？让我套用捷克诗人里尔克的话：“如果他叫喊，谁能从天使的序列中听见他？”那时候，天上如天使，地上如我们，全都不知道：“老路的儿子，被前妻带到成都，竟然出了车祸，死了。”

——问世间，“痛”为何物？

法国女历史学家佩奴德说过一句颇有争议的话：“事实比虚

构的故事有更深沉的戏剧性,向来如此。”我是始终确信这一理论的。联想老路的惨痛故事,很想追问,什么样的编剧具备足够的想象力,能编出如此诡谲莫测的人生故事来呢?用汗水、泪水、血水等串联起来的一生,如果是一种宿命,那也只能令人感到无奈和怨愤。我突然想到“视如草芥”这个词,实在难免伤感,即便渡劫的生命转瞬即逝。人生何其残酷,正是天意往往不遂人愿,才使种种与命运的抗争都带着某种被动,带着那么一点俗世的悲壮与荣光。

世事难料,命运多舛!运来天地皆同力,运去英雄不自由。“每次醒来,你都不在”,是一个人的心灵痛史,甚至是一个家庭的毁灭史啊!全然无半点浪漫的色彩可言。

我深感:世道之艰难,莫过于人生了!人生之痛楚,莫甚于心灵了!

古罗马哲学家西塞罗说过这样一段话:“人一生的进程是确定的,自然的道路是唯一的,而且是单向的。人生每个阶段都被赋予了适当的特点:童年的孱弱、青年的剽悍、中年的持重、老年的成熟,所有这些都是自然而然的,按照各自特性属于相应的生命的时期。”这段话,可谓说尽了人生的苍凉况味,是人人都必须面对的种种无奈。从这个意义上说,老路的遭遇,是没有多少道理好讲的。

唐代杜牧诗曰:“浮生恰似冰底水,日夜东流人不知。”就自然过程而言,人生是一次以坟墓为终点的长途跋涉。其间漫长的路径就在由灵与肉、情与理、义与利交织形成的荆棘丛的夹缝间。如同不时会响起的欢乐笑声,人世间,生离死别、缘起缘灭、愁肠百结的事情也是常态，大概是每时每刻都在发生着的。人世间，死亡是不用追求的必然去向，人类所依依不舍的东西只有生存过程，因此，富足的物质生活、轻松的精神状态、体面的生存状态自然就是人生追求的目标，即使受累受苦、受困受窘，即使要时时面对良知的左右、道义的约束、灵魂的拷问，也义无反顾。这样，对于一个有着正常情感的文明人来讲，人生的历程就注定了是一个精神磨难的历程。本来，生命的诞生是多么的奥妙！我们的血管里生生不息地流淌着的，在某一个偶然的时刻，成为一个实实在在的有形的生命体，从而使父子、夫妻、亲戚、朋友等关系得以成立，使思念、喜怒等复杂情感均成为可能。这是经过多少次草木枯荣、潮起潮落、阴晴圆缺，才得以劈面而至的机会。所有这些机会，你不容商量地都要体验一番才行。我觉得，这也是余华的小说《活着》为人称道的价值所在。对弱者的同情，是一名作家的良心，而在忠实记录几近绝望的生活磨难之后，又能揭示出这种极端苦痛背后生成的力量，支撑一种面对世界的信心，则成了一名作家的使命。

前些时在赣南山区观瀑布，瀑布不可谓不壮观不潇洒，飞流直下三千尺，溅起水珠千万，只是看久了，反有种说不出的单调与空旷，想到人的一生，倒是很有点与瀑布类似，非常值得同情：在没有从高处泻落之前，水在河道里缓缓地流淌，实际还没有进入搏命状态，多少还有一分自由，而一旦飞瀑凌空时，没有了退路，就完全不由自己了，也许只有自空中至落地之间的短暂过程，才有机会表现一点自主性，或倾入深潭声如洪钟振聋发聩，或溅于岩石水花如雪触目惊心。虽然甘苦自知，虽然滔滔逝去不复回，但多彩壮观，算是悲也悲得有欣赏价值。人生岂非如水流，流到哪里能随心？完全是由地形决定的嘛。

因为，天意从来高难问。

“在我们亲爱的大地上，有多少朴素的花朵默默地开放在荒山野地里。”（《平凡的世界》）因此，从本质上讲，人生的痛苦命运，是没有多少道理好讲的！只担心，那段离我们并不久远的历史，会不会在许许多多的人的记忆中褪色，甚至消失？

老路你可知？

虽然现实生活的重负，已让人倍感压抑、心累，这令我们本来有无数条充足的理由做相对轻松、快乐的阅读选择，但是，我仍然更喜欢拜读那些能体现作家悲天悯人情怀的文章书籍，特别是将深切的目光和笔触伸向芸芸众生的作品。在我看来，普通人的人生，也许未必波澜壮阔，也许司空见惯，但是，相对于文字的苍白，生活本身才足够生动与厚重。恰恰是这样的人生经历，才未加修饰，真实无比，毫不走样，才更具人文意义和普世价值！唯其如此，也才让我们感到十分真切，感到千重伤悲，感到万般无奈！从这个意义上说来，类似《每次醒来，你都不在》这样的故事，生活中最平凡人的故事才有如电击般深深地触动了我们，冲击着我们已被冷漠无情的、弥漫空间的世俗打磨得日益麻木板结的心田。

这世上，真有一种悲情叫痛失！所以明知无用还总要问为什么“每次醒来，你都不在”？

凤姐到底有没有文化

一

大观园里的凤姐有文化吗?

倘说凤姐有文化,大观园里那位“复杂的现实主义者”(作家刘晓蕾评语)薛宝钗恐怕头一个不认可。《红楼梦》第四十二回写到众姊妹花团锦簇,游园取乐,齐为林黛玉把刘姥姥比作“母蝗虫”的玩笑乐翻天。薛宝钗不失时机地刷存在感,夸奖黛玉的幽默功夫了得时,还不忘拿凤姐来说事儿:“世上的话,到了凤丫头嘴里也就尽了。幸而凤丫头不认得字,不大通,不过一概是市俗取笑。更有颦儿这促狭嘴,他用‘春秋’的法子,将市俗的粗话,撮其要,删其繁,再加润色,比方出来,一句是一句。”不认字,说话怎高雅得起来,就难免会落俗,不认字,就是最明显的没文化的表现。

用“市俗”说凤姐的谈吐,实在是一个很直接、刻薄的评语,谁叫你不认字,在这大观园里,不认字你就先矮了三分,因为你断无可能如黛玉一般,走有格调的文艺路线,玩俏皮雅致的幽默,尽管你也反应灵敏,插科打诨,口才一流。

宝姑娘素有城府,平常做人说话内敛藏锋,偏偏说到王熙凤不认字这事，直截了当，不留余地，至少表明她内心非常肯定：这样说没有一丝冤枉凤姐。

《红楼梦》第七十四回写到抄检大观园情节，在丫鬟司棋那里抄出王熙凤表弟潘又安给她的情书时，有这样一句话："因凤姐管理家事，每每看开的帖子并账目，也颇识得几个字了。"这足证她原本文字功底很浅。事实上书里还有多处笔墨写到这一点，比如第二十八回，她曾央求宝玉替她开列一个很简单的单子；比如她协理宁国府时，点名要彩明钉造簿册；还比如大观园里群芳争艳斗才，以对诗联较劲，凤姐仓促上阵，生生憋出一句"一夜北风紧"，便没了下文，因为仅这一句，已是她的超水平发挥了……脂批和原文，多处都反映出王熙凤的确不认字，所以遇到要写字的时候，只能找人帮忙。

凤姐自己怎么看自己呢，也值得深究一番。似乎她还是有自知之明的，难得的是她敢于承认自己没文化，这倒确乎需要勇气的。《红楼梦》第五十五回里，王熙凤曾经异乎寻常地大赞了一回探春，而且显得很由衷。凤姐离岗病休，探春临时代理管家，一上任先遇吴新登家的摆谱，继碰赵姨娘抚恤金事件，皆颇为棘手，探春艺高胆大，快刀斩乱麻，处理得有礼有节。王熙凤仔细听完平儿的汇报以后，第一时间做出口头批示，予以褒奖。《红楼梦》原文是"好，好，好，好个三姑娘"，赞许之意溢于言表，十分生动，读之如身临其境。猜度起来，凤姐所认可的，不应只是探春不亚于自己的泼辣劲儿，更是认可探春有文化，手段更厉害一层了！

要让心高气傲的凤丫头真心说个好，可不是件容易事。对探春，王熙凤"就只单畏她五分"，这里所谓的"畏"，更可看作某种欣赏。所以这个细节,算是证明凤姐有自知之明。

二

可是,倘要断定凤姐识字不多就等于“没文化”,许多与她有关的事儿,就显得有些不合逻辑、不合情理,也就解释不了她将宁国府管得井然有序、风生水起。

凤姐的理家才干,在“协理宁国府”的过程中,表现得最为充分。如果把贾府中长幼、尊卑、亲疏、嫡庶、主仆等错综复杂的人际关系比作一张网的话, 那么王熙凤这个人物就处在一个相对中心的位置上。她要同各种各样的人物打交道,所谓上有三层公婆,中有无数叔嫂妯娌兄弟姐妹姨娘,下有一大群管家陪房奴仆丫鬟小厮等等。按说王熙凤在整个贾府当中, 她的辈分是很低的,她是孙子媳妇,那么为什么像王熙凤这样一个人物能够被挑中来当家呢? 除了她有娘家“金陵王”的背景、靠山贾母,还有她对人情世故的洞察和巧妙周旋以及她的聪明和才智也使她脱颖而出。宁国府都总管赖升,倒是识货,第一时间告诫同事人等说:“如今请了西府里琏二奶奶管理内事,倘若她来支取东西,或是说话,须要小心侍侯。……那是个有名的烈货,脸酸心硬,一时恼了,不认人的! ”

果然,翌日凤姐走马上任,头一桩事就是“酸脸”立规矩:“既然委托了我,我就说不得要讨你们嫌了。我可比不得你们奶奶好性儿,诸事由得你们。再别说‘这府里原是这么样’的话,如今可要依着我行,错我一点,管不了谁是有脸的,谁是没脸的,一例清白处治！”

够霸气。我当家就得听我的，甭管过去什么章法。

作为女管家，地位显赫，但也责任重大。她是贾府里的大忙人，忙得几乎到了“不可一日无此君”的地步。忙则忙矣，然而凤姐管起来，无论大事小情，里里外外，都是有条有理，妥帖周详。先是通观全局，理出头绪，总结问题，接着针对宁府的五种弊端，采取了“承包责任制”，做到事有人办、物有人管、活儿有人干，各司其职，忙而不乱，加之她软硬兼施，“杀一儆百”，各色人等愈加谨慎小心，不敢怠慢。于是，凤姐在宁国府，霸气开场，霹雳手段，威重令行。难得的是，她还不耽误替宝玉和秦钟准备书房，中间还不忘命人准备精致小菜，给贾珍尤氏送去。

真是霸道又从容，周全又细致，举重若轻。一个人愣是活成了千军万马！难怪刘晓蕾形容王熙凤协理宁国府这段“绝对治愈系”。

王熙凤的能力确实是很强的，把乱糟糟的宁府，治理得秩序井然。管理就是一门科学，其中有大学问，有大文化。看看凤姐的管理艺术是否有点炉火纯青的意思了？这点意思，不是文化又是什么？

三

事实上，在处理人际关系上，凤姐的心机深细、谋略周密，有更加精彩的表演，体现她骨子里的文化功力。

人生在世，转弯免不了。凤姐的本事，在于她可以及时察言观色，来它个一百八十度的大转弯，且转得平稳、自然，更不至于翻车。同一件事，原来这样说，现在又那样说，根本南辕北辙，却都说得入情在理，无懈可击。邢夫人来找王熙凤商量，说老爷想讨鸳鸯做妾，先来与凤姐说，目的就是想先过了凤丫头这一关。王熙凤听罢觉得不靠谱，“老太太离了鸳鸯，饭也吃不成了”，乃反劝邢夫人：“别去碰这个钉子……明放着不中用，反招出没意思来。太太别恼，我是不敢去的。”这明摆着是个否定拒绝的态度。未料这位邢夫人不仅一点也听不进凤姐的真言，甚至还当场埋怨王熙凤，说我还没有去你倒派我不是。王熙凤听了这话，才明白刚才那番实话全不对路，立马调转话锋赔笑道：“太太这话说得极是，我能活了多大，知道什么轻重，想来父母跟前，别说一个丫头，就是那么大的活宝贝，不给老爷给谁。”不仅如此，还不惜拿贾琏作例子，说贾琏有了不是，老爷太太恨得那样，及至见了面，依旧拿心爱的东西赏他。父母待儿子这样，如今老太太待老爷自然也是那样了。你看她这个实例何等现成，何等有说服力，听得浅薄的邢夫人转瞬由怒转喜。前后都是讨鸳鸯做妾这件事，一正一反的两番说辞，同出于王熙凤之口，居然都入情在理。像这样一种能够顺应对方心理的本领，在《红楼梦》里，似乎只有在王熙凤身上可以看得到。

凤姐的文化，还体现在她深谙适度示弱。

示弱是一种大智慧，现实生活中，有多少人吃亏在不懂得收敛、示弱的道理。人人都道王熙凤强势无比，料不到她也会审时度势，迂回让步，以退为进。贾琏有了外遇，凤姐当然怒不可遏，但她首先判断贾母的态度，当她觉察出老祖宗对此并不太在意时，情急之下她剑走偏锋，不惜使出苦肉计：那一天妆也不化了，衣服也不好好穿戴了，整个就是一个失魂落魄的样子。这事要发生在别人身上，就只是个无能怨妇的样子，可搁凤姐这里，效果就非比寻常，人人为之震惊：你想想我们这个要强能干的凤丫头这是受到了多大的委屈啊，才让贾母心生怜惜之心，指着贾琏呵斥道："你看凤丫头平时霸王一样的人物，今天让你给作践成这个样子了！"

示弱之后，绝对是峰回路转啊！

王熙凤没识几个字，不等于她不知道文化的要紧，所以她内心从不抵触大观园里的诗社，甚至还持宽容支持的态度，这应可看作她对文化的尊重认同。李纨请她入诗社，她回应得既爽快又漂亮："我不入社花几个钱，不成了大观园的反叛了吗？"待到探春隐晦说出想请凤姐做个"监社御史"的意思，王熙凤立刻心如明镜，干脆顺水推舟应允："我明儿立刻上任，放下五十两银子给你们慢慢作会社东道。"您瞧，说者尚有点羞羞答答，话音刚落，听者已是通体透亮，痛快回应，所以李纨信服凤姐道："你真真是水晶心肝玻璃人。"

所以，真以为王熙凤没文化，你就看走眼了。

四

事实上许多红学迷很是推崇凤姐，除了肯定她是一个有着蓬勃生命力与人性温度的女性，还欣赏她颇具自黑精神，比如会用"泼皮破落户"来形容自己。这是一种需要较高智慧和能力驾驭的手段,非常人所能把握,因为分寸拿捏得稍有不准,很容易弄巧成拙,成为笑柄。在多数时候阴气笼罩的大观园里,凤姐是个亮点,只要有凤姐在,就一定是热闹、有趣的。不只是在那个相对压抑的时代,即使放到当今时代来看,凤姐的生命温度与生命力也都是令人惊叹的。她非常张扬,是属于生命个体本身的,仿佛一簇开放得随意的花,喷发着芳香,甚至是有些夸张恣肆地绽放,从来不肯让任何人一头,一路花柳都要为她让路。

一个人的智商、情商是能体现一个人的文化水准的。

翻读《红楼梦》,我有一刻会由衷感到:曹雪芹定然是内心钟爱王熙凤的,不然写不出她如此活跃而灵动的灵魂。一首《聪明累》是写给王熙凤的挽诗:“机关算尽太聪明,反算了卿卿性命!”凤姐终究文化有限,还是吃了文化不够的亏。毁了王熙凤的是欲望,是不被克制的贪婪。

凤姐是有文化的,可惜还远远不够。

“我总是要面向光明的”

九十五岁的黄宗英没能熬过难熬的甲子年，倒在新年到来的门口，实在是一件令人遗憾的事。

黄宗英女士的一生，经历了我们这个时代太多的风风雨雨，有太多亲历的苦难故事来不及述说，可是，据她的儿子赵左说，无论是在家人还是外人面前，“我母亲几乎从不会讲起仇恨与痛苦”（2020 年 12 月 24 日《南方周末》，余雅琴《女性是如何在艰难的时代自我实现的》）。

读到“从不会讲仇恨与痛苦”这句，我怦然心动，因为我们见惯了太多人，尤其是名人，在日常生活中、在其作品中，对人生苦难的夸张的描绘与渲染。

黄宗英为什么从不说仇恨与痛苦呢？不堪回首所以不忍说，还是说了无益所以不屑说？本来，她可是最有资格、最有底气说的，作为一名作家，她也是有能力、有影响力，来详尽生动地述说这些曾经的苦难故事的。

黄宗英的回答是：“我总要面向光明的。”说得真好！

这自然是黄宗英的一种生活态度，或者说是她认定的价值观。身为名人，她的价值观必然会产生一定的社会影响，但这并不妨碍她有权利保有自己的价值观，尤其是一种积极的人生态度。当然，在我看来，面向光明，不是绝对不能提过去的苦难，更不意味着需要忘却过去！回忆并控诉苦难，属人之常情，完全可以并且应该。度尽劫波身未死，回忆一番曾经的苦难生活，传达一种真切的苦难感受。忘记过去，就意味着背叛，因此或可以警惕可能会有的忘本，更加珍惜当下。

问题只在于，是以什么样的动机与心态，来述说自己的苦难？

我由此想到曾经读过的铁凝文章《相信生活相信爱》，里面说到另一位名家汪曾祺先生的故事。

汪先生总让人想到“相信生活，相信爱”这句话。因为，这就是他的信念。他曾被迫离别家人，下放到坝上草原的一个小县劳动。他在那里画马铃薯，种马铃薯，吃马铃薯，度过每一个艰苦的日子，但他在境遇大改以后，从未控诉过那里的生活，也从不放大自己的苦难。他只是自嘲地写过，他如何从对圆头圆脑的马铃薯无从下笔到一种想画不像都不行的熟练程度。他还自豪地告诉读者，全中国像他那样，吃过那么多的马铃薯的人，怕是不多见呢。

读了这个故事我很有些感慨。汪曾祺专注于马铃薯，绝不是说已被苦难所麻木（强调这一点非常重要），相反，他深知人性的复杂和世界的艰深。他的不凡在于，和所有这些相比，他更相信并尊重生命那健康的韧性，他更相信爱的力量对世界的意义，所以，他的心对世界是整个开放的，因此在这些岁月生活的零碎故事的小格局里，他照样有能力呈现心灵的大气象。

作为成功人士，如何面对曾经的苦难，汪曾祺以及黄宗英，均堪成为一面镜子。

命运之河，充满激流险滩，本来就不是所有人都能蹚得过去，数不清有多少人被湍急的河水所淹没，而能蹚过激流到达彼岸，再将这种苦难转化为某种精神财富，激励自己事业有成，甚至辉煌，更是难上加难的事！历史是胜利者写就的！超越了苦难的人才有足够的底气和资本谈论曾经的苦难。对于普通人而言，能够熬过苦难，已属幸运，除了扪心自宽外，基本上就没什么好对苦难多说的了，更不必说显摆自己曾经的苦难。所以，但凡渲染苦难，甚至夸大苦难的，大抵是一些非同寻常的成功人士，苦难，通常是、不过是所谓成功人士的消费品。

为什么要夸大自己的苦难故事？是否有刻意放大自己的知名度、美誉度及影响力的私心呢？夸大了所受的苦难，也就放大了苦难与成功之间的距离层级，也等于提升了成功的难度与价值，显然，距离越大，越显得艰难，层级越多，越显得不易。沉浸在对既往苦难的回忆，甚至享受中，是一种多少有些病态的心理，其逻辑只能是，我多么不易，我多么厉害，所以你们得重视我、仰视我。而这，是不是近乎乞讨了？只不过，所乞非食物等物质性东西，而是精神层面的同情与怜悯而已，多少有些令人不齿。

说到底，害怕苦难，躲避苦难是人的本能。因此，回避苦难，甚至回避有关苦难的话题，都是天性如此，可以理解。因此，我虽然并不赞成“赞美苦难就是一种受虐狂”这样的激愤观点，但更反对在社会舆论和世俗情趣下，对劫后辉煌的过往生活开始怀旧，以隐隐的快感转而欣赏曾经的苦难，滋生一种以青春无悔类为基调的缅怀之情和寻梦之旅。这与我们要倡导公众“避免消费他人痛苦是一种伦理与操守”,是同一个道理,有关“苦难可以转化为精神财富”的言论,虽然不能绝对地说是一个伪话题,但如无感同身受的人文情怀,无客观甄别的理性分析,而轻言之,则多少是有失公允、有失人道的,当然,说服力也是有限的。

再回到那篇纪念黄宗英的文章，里面又提到一段其丈夫赵丹的逸事。动乱结束后,坐了五年牢的赵丹虽被释放回家,内心却极度苦闷，窝在湖南路的老房子里，每天都会无聊地向下张望。有一次他看见巴金行色匆匆去上班,便寻机匆匆跑下去打招呼,回来后,他心情明显好转,还很释然地告诉子女:“巴老说,这是中国人的劫难,我们个人的遭遇不算什么。”

岂止是不可夸大呢？巴老的话,又是一种见地,其实还含着一句潜台词:不夸大苦难,不过是一条底线而已。

“古今多少事　渔唱起三更”(跋)

一

春天来了,万物复苏。阳光普照着江南平原,温暖的河水缓缓地流淌起来,流过每一条将块块岸地切割包围的纵横港汊。两岸一望无际的桑树,萌发出碧绿的新芽,满目翠绿。位于长三角腹地的杭嘉湖平原,自然条件优越,四季分明,土地肥沃,阳光充足,水源充沛,最适宜桑树生长,而桑叶正是辛勤吐丝的蚕宝宝的理想食物。优越的自然条件,乡农们的勤劳朴实,创造了一个个锦绣江南的神奇故事,所以我的故乡历史上就有家家养蚕、户户植桑的农事传统,这也直接造就了江南丝绸工业发达的辉煌历史。

“春深处处掩茅堂,满架吴蚕妇子忙。料得今年收茧倍,冰丝血缕可盈筐。”多么具有画面感!简直难以置信,这首清新、自然,充满浓郁江南田野风味的诗作,竟是康熙大帝的作品。深居宫廷高墙院内的天子,尽管巡游江南,终究不可能真入农户体察民情的,所以其笔下的这首诗,应是慕江南蚕桑业发达之名而就的,由此足见江南蚕丝业声名之隆。二十世纪六十年代,上海电影制片厂筹拍电影《蚕花姑娘》,毫不犹豫的把这里作为最佳拍摄地。

然而遗憾的是,近年来,随着种桑养蚕农户的日益减少,相关技艺渐渐失传，导致丝绸工业盛况不再。此时文学，恰可以忠实生动地记录这一历史，形象地记录每一个节点，每一个生动的瞬间，尤其是实录每一个心灵的萌动、激荡期，记录和传播每一个蚕丝绸文化中神圣神秘的神话传说、意味深长的蚕俗民风、奇妙深奥的科学技术，这是文学的独特所在。著名作家苏沧桑女士为此写过长篇散文《养蚕记》，传神的笔墨，在生动记录蚕农的苦乐生活后，发出凝重的感慨："多年后，在中国江南，也许再也找不到最后的养蚕人家，听不到春雨打在万物之上的沙沙声，看不到十万条蚕宝宝同吐丝线的光芒了。此刻或将来，我都无意以文字修补什么，只想记取那些璀璨的过往，也相信时光，会给我们更好的。"

一生不过一念！逝者如斯夫，时光总是难以驻留，人力难以左右，时光会给我们更好的，我们又何必过于留恋那已逝的过往呢？的确，如沐春风最令人陶醉，假如迎面吹来的是凉爽的秋风，你又何必多加抱怨？感受秋的意境，保持清凉清苦清爽的状态，做人生清醒有力的把握者，蛮好啊，甚至好得很。

草兴草盛，草枯草伏，原本就是一种强大的生命周期、自然规律，我们需要的，是一种欣赏的眼光和仁慈的胸怀，以及一双前行的双脚。如果还要有点什么，那就是留存一点点真切温暖的记忆。

二

当下文学的境遇，也有点类似于江南热土上的养蚕业。文学的式微，似乎是不争的事实，难免令人为之疑虑，"桑间篝火却宜蚕,风土相传我未谙”(宋·姜夔《除夜自石湖归苕溪》)。随着时代的变迁,随着视听以及其他功能刺激的到来,文学应当何为?是否还有生存的前途?单就表现形式而论,文学是继续以白纸黑字的形式存在,还是会大规模地转向别的形态?这些是很多人关心,甚至担忧的问题。

于我而言,总体上站队于审慎的乐观派。一方面是因为我内心里信奉“文学可以改变生活”这一执念,至今依然。我的前辈老乡、翻译家赵罗蕤女士说:“文学,是人类灵魂的表现,一国的文学就是一个民族的灵魂的表现,个人的文章就是他个人的灵魂的表现——把文学纯粹当作技艺和消遣来看的文学,早该算不得是真正的文学,文学应该在人类的‘心理建设’上占最重要的一席。”这个“灵魂说”观点,我是大致认可的。我反感将文学的作用放大到巨大,乃至膨胀的程度,但也不赞成著名作家叶兆言“文学是无用的”这样的观点。叶兆言先生在他的新书《无用的美好》的封面上公开宣称:“我们常常对现实力不从心,幸而,还有(文学)这些无用的美好,宽慰每一个人。”态度可谓直截了当,毫不遮遮掩掩。“文学是无用的,这是叶兆言一贯的看法,他说过:对文学的用途,我一直是悲观主义者,但文学和爱情一样,无用,却是美好的。这里面有一个作家的清醒与坦诚,却也有一个作家的热情和自信——毕竟,他还是坚信文学和爱情一样,是让人生更有色彩和更有味道的事情。”(潘向黎《南人上来歌一曲——关于写作的一些闲话》)所幸叶兆言先生还至少觉得文学是美好的,能宽慰人们的心灵。无论文学是作为一种个人的遣兴娱乐或技巧层面的修辞练习,还是作家试图做一个时代的介入者和思想载力的承担者,我都始终相信文学具备一定的功能,相信文学的语言能力和思想能力缺一不可。

至于文学的表现形式,没有必要过于敏感,因为那非关文学的本质。时代在发展变革,文学的表现方式不可能也不应该停滞。如今,文学拥有更多元的形态,比如会以书籍和文字的形式保留存在,也能以声音的形式,或以改编成影像的形式存在,这并非是一种内核变异,而是形式上的拓展与延伸,就本质属性来论,即使其冲击效果超过了文学本身,它仍不过是文学的衍生品而已。

至于如何更有效地表达自己的情感与审美,在多年的写作中,我已渐趋宁静,渐渐明晰起来。内心渴望怀有一份真挚的热情和爱,把生命当作一场久远的修行,思考着、积淀着,然后,尽可能保持内心世界的某种定力,努力不动声色地记录并讲述自己对生活的个性意见。我希望在讲述自然风物、臧否社会现象时,只抱有丰富浓烈的感情,不复苛求言辞的激烈和文字的华丽,只体现平和丰润的内蕴,学会做一位谦谦君子示人,寄望让读者在阅读过程中,能自觉有所思有所得,又一点一点地领悟到作家的独特见识,不加抗拒地去接受它。故而请不要怀疑我的真诚,纵然是那些所谓与现实关联度相对大一些的文章,也无一例外地出自我的心声,尽管那些文字,内容或许不够深刻,文字不够优美。

三

二十世纪八十年代初,我开始尝试文学创作。起先是写点小情小感的文章，实在难登大雅之堂，即使难得为报刊选用，也不过是所谓“报屁股文章”。一个偶然的机会，我听了某位著名杂文家的讲座，便义无反顾地爱上了杂文创作，乃至为之着迷不已，深陷其中。其后很自然地成了鲁迅先生的拥趸，喜欢杂文直接、理性、尖锐的表达方式。鲁迅是时代的守夜人，是黑暗中孤独的思想者，但鲁迅留下的远不止此，他留下的是黑暗传和灵魂史。多年来，我一直钟爱杂文这种文体，也一直在认真尝试写作，积极为本省和南方某家我所推崇的报纸言论版面写稿子，虽然送多用少，大多如入海泥牛，仍乐此不彼，偶有录用，也总引以为快事一桩。本书选用的第二辑文章“山河何其重”，大多就是这类专栏杂文创作的选文。后来报纸画风渐变，感觉自己跟不上节奏之变，遂不无怅然地踩下杂文写作的制动器。同时，年岁渐大，心境日趋平和，偏爱起心平气和的表达方式，渐成习惯，并自我欣赏。近年来，我的写作开始向散文领域转变，且多为忆旧题材，以及游历笔记，这是很自然而然的作为，借以录照过往，来观照今天，本来也是文学能担的使命之一。收录在本书第一辑“山水如此淡”里的，便多为此类情况的性情写作。

老实说，这种创作体裁的转型还是有些艰难，过程中既有挑战性，也有全新的感觉和无穷的乐趣。首先，夜深人静时回首过去，往事呼啸拍来，应接不暇，可说可写的情节实在很多；其次，就写作容量与风格而言，散文较之杂文，叙事更从容，表达更含蓄，而且，有时候还能在两种文体间自由交叉、跳跃(广义讲，都可归类于“随笔”)这一点，尤其让我乐意，甚至着迷。比如书中的《凤姐到底有没有文化》一文，倘若写成正统意义上的杂文，就更直接、犀利。在余光中先生眼里，散文大致分为两类：一类是抒情散文，强调“情趣”，还有一类是论述散文，强调“理趣”。从这个意义上说，散文最易写，因为泛，入门门槛低，谁都可以尝试一番，但同时散文又最难写，谁都能写，写好不易。

1918年秋天，黑格尔在柏林大学演讲时强调过自己的创作观。他认为世人的“精神太忙碌于现实，不如回到内心，回到自身，徜徉自己原有的家园中”。我现在最想写童年的故事，如对种桑养蚕印染织布等工艺、工匠的见闻，如游历家乡名胜莫干山的奇闻趣事，为何？说到底，写作是自我的东西、自己的独处、自己的想象、自己的宣泄，这时，出离虚妄、造作，真切真情真心才是最重要的。不知道该写什么，是一个作家的悲哀，是不应出现的状况，事实上对一个有情怀有才华的作家来说，写作题材枯竭是无法想象的。生活是创作的源泉，而生活本身，从来没有一天停止过它波澜壮阔的演绎和展示，需要的，只是一名作家应有的激情与敏感。鉴于此，文学梦我是不准备放弃了。余生还长，难言能写到什么程度，但不抱怨、不抛弃，坚持个性写作，想来应该是可以自勉做到的，而写作，也是我作为一名普通作家，对于人性人生与社会万象的个性解读。

四

书中的所有文章，在国内公开出版的报纸杂志发表过，许多篇还被报刊转载，或入选各种年度精选文集，或侥幸获得某种奖项。我知道，这并不能说明它们有多么优秀，多么了不起。文章质量的高下，更应该是在读者的口碑里、心目中的，尤其是需要时间来检验，很多时候，甚至发行量、知名度都靠不住，但我想强调的是，这些文章得以一一面世，是经过多位编辑老师的把关，是他们付出了劳动，从这个意义上说，这些文章，从观点到字词篇章，已不完全属于我个人的了。我在这一点上，与许多作家有着完全不同的原则，我不太计较编辑对我的文章评头论足，润色删改。我当然也知道敝帚自珍的道理，了解有不少作家爱自己的文稿到了偏激的程度，宁可不发表，也不容许动一个字的，说实话，我很钦佩这样的自尊与原则，内心自叹不如。最近读到一位老编辑的文章，文中引用的鲁迅先生的一句话，深深触动了我，引为至理名言。先生是这样说的："我一直以为别人尊重我是因为我很优秀。后来才明白，别人尊重我是因为别人很优秀。"我对这句话佩服得五体投地，先生真是高人，不经意间，就说出了我很想说却无法说到位的观点。

我要感谢创作之路上指导我写作的编辑老师们。诸如赵健雄、潘向黎、蔡军剑、马红云等编辑，我在与这些可敬的人士交往中，深深地为他(她)们的热心诚心与认真专业所感动，这也成为我与文学不离不弃，我始终努力坚持写作的动力之一。可惜为篇幅所限，不可能一一罗列那些优秀园丁的名字，我只能以此来记录和致谢这些热忱而智慧的编辑君，也希望能借这样的方式，备忘和鸣谢那些令我起敬的文学报刊。

结集出版个人新作，是我的一个梦想，而且，居然成了真，不能不庆幸，特别是在当今出书艰难的态势下，有多么不易。感谢在散文界素负盛名的百花文艺出版社，在典雅的"名家散文书系"

里为我留席！感谢能干又温暖的责任编辑王燕女士，她的宽容赏识与真诚邀约，令我很受用，很受激励！可敬的张抗抗老师屈尊为拙著作序，于提携激励美意之外，提纲挈领，揭示散文随笔创作之要义，体现长者风范、文坛大拿的境界与功力！

我还必须在此衷心感谢始终无条件支持我、为我付出许多的家人！

“古今多少事，渔唱起三更。”岁月绵长而静好，我自信我还会一如既往的崇敬、礼赞它，还会借助我喜爱的文学方式，一直。

2022年2月